Une drôle de peine

DE LA MÊME AUTRICE

Le Rendez-vous, *Plon, 1995 ; Pocket, 1996*
Rien de grave, *Stock, 2004 ; Le Livre de Poche, 2005*
Mauvaise fille, *Stock, 2009 ; Le Livre de Poche, 2011*
La Gaieté, *Stock, 2015 ; Le Livre de Poche, 2016*
Histoires de famille, *Flammarion, 2019*
Son fils, *Stock, 2021 ; Le Livre de Poche, 2023*

Justine Lévy

Une drôle de peine

roman

Stock

Photographie de la bande : © Marie Rouge

ISBN 978-2-234-09404-8

Maman n'aime pas être allongée toute raide, comme ça, sous le ciel bas de cette grosse boîte marron (elle déteste le marron). Comment elle a pu se laisser enfermer là-dedans ? si seule ? si jeune ? Laideur des croque-morts, monstruosité des grosses fleurs, c'est moche ici, elle doit se dire, ce marron, ce noir, le noir et le marron de ce cercueil tout en angles.

Et son visage, pourquoi on a modifié son visage ? On l'a mis en désordre, on a posé une deuxième bouche sur sa bouche, un demi-cercle figé, affreux, à l'envers, un visage de farces et attrapes, le clown le plus triste de tous les cirques. Mourir d'accord, mais ce maquillage atroce, non, pas possible, si c'est une blague elle n'est pas drôle. Ou alors c'est pour la fête ? en l'honneur de son arrivée au Ciel ? peut-être faut-il être déguisé, sinon on ne vous laisse pas entrer. Vous avez votre carton d'invitation madame ? le + 1 de qui ? ah non je regrette, cela ne va pas être possible, c'est une soirée de gala, et on ne fume pas dans l'établissement.

Maman revient. C'était une erreur, je le savais. Elle tambourine contre le plafond vissé. Mais personne n'entend. En tout cas pas le gardien débile de ce cimetière pour happy few, qui ne s'intéresse qu'à Dalida, Berlioz, Oscar Wilde. Ni les amis trop occupés à pleurer ou à faire semblant de pleurer. Alors je m'évanouis. Quand je me réveille c'est trop tard, le cercueil est dans la tombe. Mais mon enquête commence. Je suis sûre que maman s'est échappée, les mères reviennent toujours.

*

C'est difficile. C'est loin, maintenant, très loin, vingt ans déjà, vingt ans et encore plus pour les premiers souvenirs. Je vois des affiches, *Pierrot le fou*, une cage sans oiseau, le poisson rouge, « Petite Sirène », ventre en l'air dans son bocal (mort ? c'est quoi, mort ?), des restes de nourriture solidifiés dans des assiettes empilées, des poubelles accumulées dans un coin de la cuisine et à demi éventrées par notre tripotée de chats, des mégots écrasés dans la terre du ficus, l'eau trouble du bain de la veille, et puis tout ce que j'étais, à trois, quatre ou cinq ans, trop petite pour remarquer, mais que je vois à présent dans une clarté terrible.

Et puis les moulures cassées au marteau, les gonds sans portes, les décorations de Noël de l'année dernière. Et puis, c'est sur ça qu'il faudrait insister : chez elle, maman de ces années, la saleté, une saleté noire, incrustée, visqueuse, une saleté que personne ne semblait remarquer, une saleté qui ne me choquait pas, je ne rêvais pas encore d'odeurs de lessive dans des draps frais. Et la litière des chats qui débordait, et la grande photo de Che Guevara, déchirée, qui me tenait compagnie.

Je me levais toujours avant elle et Violaine, son amante, parce que j'étais la seule à ne pas avoir pris de LSD et de champignons la veille, et j'étais de bonne humeur, pas encore prévenue de ce désastre bref que serait la vie de maman. Quand je rentrais de l'école il y avait ce parfum de choses commencées, un volet à demi ouvert, un début de graffiti au plafond (« les hommes n'exist »), le téléphone qui sonne et personne ne répond, l'aiguille obstinée du tourne-disque qui raye sans fin son sillon muet, un robinet en goutte à goutte supplice chinois, une affiche d'*Alphaville* qui se décolle aussi, parfois un inconnu étendu, ni tout à fait éveillé ni tout à fait endormi, ni tout à fait nu ni tout à fait pas nu, des livres par terre, en tas, en attente d'une étagère que personne n'a jamais installée, rien de net, tout vague et flottant, je sens encore parfois cet air fade de la vie molle et sans but, la vie des gens qui font la sieste à toutes les heures de la nuit et du jour. Ma vie aussi, maintenant, mais seulement quand je n'en peux plus de penser à maman, de la chercher, de la revoir et de ne pas la revoir, de mener cette enquête sans fin qui occupe mes journées.

J'essaye de toutes mes petites forces, à l'époque, d'arriver jusqu'à maman, de la comprendre : pourquoi elle pleure toute seule, puis s'endort dans son bain, une cigarette finissant de se consumer au bout de son bras qui pend hors de la baignoire ? pourquoi parfois ces yeux vides, ces yeux de statue, comme cette Muse endormie, à Beaubourg, devant laquelle je restais plantée quand maman et Violaine me laissaient seule (ça va la changer de ce débile de Goldorak, elles justifiaient) pour aller passer l'après-midi chez une amie qui habitait à côté et où c'était encore plus déglingue que chez elles ? Je voulais la protéger : mais de quoi, de qui, et comment ? J'avais des moyens limités, forcément : la réveiller, l'embrasser, lui faire des chatouilles ou, au contraire, la laisser dormir, veiller sur elle, ne pas abîmer ses rêves, essayer de ne pas abîmer non plus les miens, manger ce qu'il y avait à manger, ne pas la déranger quand elle s'amusait, ne pas gâcher cette bizarre fête de la vie libre mais sans gaieté. C'est la base. C'est tout ce que j'ai pour commencer.

*

Mais il faut que je me souvienne mieux. Maman, dans ses bons jours, quand elle se rappelait qu'elle était belle, se maquillant les cils avec une petite brosse, très près du miroir, œil sur œil, nez contre nez, elle est si myope, et Violaine, assise en tailleur sur le tapis lustré d'usure, qui se taille les ongles des pieds en tirant la langue. Je pouvais rester là, admirer jusqu'à la fin des temps maman s'appliquant ensuite une poudre pailletée au coin des yeux, et regarder avec tout mon dégoût Violaine qui s'épluche maintenant la corne du talon. Elles ne me remarquent pas, ni l'une ni l'autre, ou alors pas plus qu'un meuble, une petite chèvre à son piquet, un cheveu sur la soupe de quelqu'un d'autre.

À cette époque, il n'y avait pas de « pas devant les enfants ». Il n'y avait pas d'enfants. Il y avait les adultes et une miniadulte, une adulte mineure, une adulte miniature. Il y avait leurs sexes poilus, hirsutes, abominables et, sous mon nez, tout le temps, ces choses que j'aurais voulu ne pas voir, dévoir, déconnaître, désapprendre. C'est fou comme on sent, à quatre ans, cinq ans, quand le monde tourne à l'envers. Je n'étais pas traumatisée. Mais je plaçais ça assez haut, quand même, sur l'échelle du pas chouette du tout et du puzzle raté. Presque aussi haut que quand Violaine rentrait saoule, ou défoncée, sans maman, et qu'elle se trompait de lit, s'étalait sur le mien, et je me ratatinais tout au bout, ou parfois sur le sofa du salon, mais l'odeur de Violaine rentrée sans maman restait dans mon oreiller pendant des jours et des jours, pouah.

À quel moment sont arrivées l'héroïne, les seringues, les trafics ? Encore une chose que je ne sais pas, je veux savoir mais je ne sais pas, j'ai interrogé papa, il ne sait pas non plus, ou alors il sait peut-être mais ne veut pas me dire, secret défense, secret de famille, chut.

*

Une fois, je m'ennuyais, j'étais toute seule, je m'ennuyais et j'ai eu envie de goûter à la flopée de médicaments amassés dans le panier de maman et Violaine, à côté de leur lit. J'en ai pris un premier, rouge et blanc. Et puis un zébré vert. Et puis, deux encore, allez, couleurs formidables et appétissantes, on croirait un vrac de Dragibus, Smarties, Car en Sac, Frizzy Pazzy, Fizzy Rolls. Je les fais rouler d'un côté à l'autre de ma bouche, c'est comme si c'était bon mais ce n'est pas vraiment bon, c'est comme si c'était moi mais ce n'est plus vraiment moi, c'est comme si c'était maman mais ce n'est pas non plus maman, la tête me tourne, mes petites mains transpirent, j'ai l'impression que je ne sais plus marcher, parler, ni même me tourner sur le dos, c'est comme si je revenais à la case bébé et je m'enfonce dans le lit de Violaine et maman, dans une sieste lente et tiède qui doit ressembler aux leurs ; leurs siestes de fins de fêtes, leurs nuits de disputes et de chutes dans l'escalier, les siestes langue plâtreuse qu'elles font, elles, tous les jours. Avant de sombrer dans les miaulements des chats, j'ai le temps de me dire ouh là là je vais être en retard à l'école, mais c'est pas grave, j'ai trouvé la recette magique pour rejoindre maman, la comprendre : maman j'arrive ! Et puis, dans un cauchemar de grippe, à la place de maman c'est Violaine qui surgit, à poil, immense, comme le yéti qui tripote les enfants dans les trains fantômes. Je me suis réveillée dans mon vomi. Maman et Violaine ont mis quelques jours avant de s'apercevoir que les draps étaient vraiment dégueulasses, merde, zont chié ces cons de chats.

*

Il faudrait que je retrouve ma petite valise, celle qui était toujours prête pour le jour où papa m'appellerait pour partir. Il n'avait pas le droit d'entrer dans l'appartement. Ils s'étaient tellement aimés, juré qu'ils ne se quitteraient jamais, ils avaient même décidé, un jour, qu'ils allaient mourir ensemble, en haut du clocher de l'église Saint-Pierre de Neuilly, comme les amants de la lune, et voilà que, maintenant, papa devait m'attendre dans la rue et maman, ou Violaine, me descendait comme un paquet. Alors j'attendais, moi aussi, sagement, j'avais compris la règle et je la respectais. Mais je savais qu'un jour il m'emmènerait pour de bon. Et j'avais fait moi-même ma valise où j'avais rangé des stocks de bonbons pour la route, une photo de papa et maman en Inde que Violaine avait jetée et que j'avais récupérée, et, cachée sous ma robe à carreaux verts et blancs, la brosse à cheveux de la maison. Le soir où papa est enfin venu me reprendre, j'avais les cheveux si emmêlés qu'à l'école on m'avait chahutée, toute la journée, en m'appelant la fille préhistorique. Il a gardé l'habitude de nous brosser les cheveux, mon frère, moi, et maintenant mes enfants, des moulinets dans tous les sens, à l'attaque de nœuds imaginaires, ça leur fait des têtes de lampadaires.

*

Je ne sais pas qui a dit que l'enfance est un pays dont on aura toujours la nostalgie et blablabla. C'est n'importe quoi. Il n'y a pas d'enfance perdue, manquée et retrouvée. Il n'y a pas d'enfance du tout. Il y a des petites personnes pas terminées, limitées, négligeables et négligées, des trucs dans lesquels on se prend les pieds, qu'on oublie, qu'on n'éduque pas. Elles vont bien, d'une manière ou d'une autre, devenir ce qu'elles sont. Elle va pousser toute seule, Justine, comme ces poulains tremblotant sur leurs pattes, à peine nés mais debout, déjà presque autonomes et qui n'emmerdent pas les chevaux adultes. Oui, à la fin des années 1970, elles l'ont bien compris, maman, Violaine et leurs copines, après tous ces siècles de temps perdu, gâché et volé aux femmes qui ont autre chose à faire que pondre et élever leurs marmots : l'éducation est un concept ringard.

Moi, ça ne me plaisait pas du tout de pousser comme une imitation ratée et inutile de maman. J'espérais qu'on en sortait vite de cette soi-disant enfance, de cette prison sans murs ni contours. Est-ce que j'allais un jour m'échapper, ou bien en être expulsée d'un grand coup de pied aux fesses ? oui, sûrement, mais pour aller où ? vers leur pays à elles, sauvage ? ce pays où, selon une loi bizarre et qui n'existait pas chez mes copines d'école, et que peut-être personne d'autre que Violaine et maman ne connaissait, on devait toujours être la plus hurluberlue, la plus à contre-courant, la plus saoule, la plus libérée ? est-ce que j'allais y arriver, moi, si sérieuse, si transparente ? moi qui prenais tellement tout à cœur serré ?

Je n'étais pas sûre de vouloir de leur joie triste, où rien n'avait d'importance, un chat disparaît c'est pas grave, Justine a la rougeole c'est pas grave, les flics, vite, les flics, Marylou à Fleury-Mérogis, Dominique a clamsé, c'est quoi clamsé ? c'est rien, ça aussi ça passait.

Un concert de magie trash, une fête qui dérape chez Bidule, le début d'un projet de manif contre Michel Sardou le plus grand fasciste de l'univers, le cambriolage de l'appart en dessous, une descente chez l'épicier pervers d'en bas, rien n'était grave, et hop, c'était reparti, c'était ça leur vie, la nôtre, la mienne.

*

Détester les pères, les mères, le-papa-et-la-maman, les patrons, le fric, l'éducation, elles y ont cru, ce n'est pas possible autrement : elles ne s'occupaient pas de moi, mais c'était pour mon bien, pas parce qu'elles avaient la flemme, ou pas le temps, ou rien à cirer, non. Ces années-là, être libre, pour maman, ça passait par ça : ne pas s'occuper de moi. C'était politique. Po-li-tique. Maman, petite aristocrate bretonne qui n'avait jamais mis les pieds dans une usine ni nulle part, quelle prise de guerre, devaient se dire les impitoyables copines des Éditions des femmes où elle était censée travailler.

Elles commentaient sans fin *Lire Le Capital*, adulaient Hô Chi Minh, Olympe de Gouges et Trotski. De temps en temps elles m'emmenaient distribuer des tracts. J'aimais bien car j'étais avec elles, sabots, k-way quand il pleuvait, et j'avais le droit de crier très fort en pleine rue. Est-ce que je me doutais que c'était de la simili-révolte, un jeu, un mime, on fait semblant de se battre et on fait semblant, nous, les Indiennes, que les cow-boys ont perdu ? Bien sûr que non. La plus grande bêtise, mais je ne faisais pas de bêtises, ç'aurait été de m'inquiéter. Alors, j'étais contente.

Je n'aimais pas du tout, en revanche, quand elles se mettaient toutes nues. Je n'aimais pas être ce meuble, ce chat, dont la présence ne gênait jamais, j'aurais aimé qu'elles m'envoient dans ma chambre, zou, laisse-nous un moment, petite Justine, mais non, elles s'en foutaient, elles s'exhibaient, ça faisait aussi partie de la non-éducation.

Quand l'atmosphère devenait trop... quoi ? poisseuse ? je me mettais les poings dans les oreilles, me sentant coupable mais de quoi, paupières serrées de toutes mes forces, et je parlais à Clara, mon amie imaginaire, qui était toujours là pour moi. Je sais des choses, je lui disais. Si tu savais les choses que je sais (je prenais la voix de celle qui sait). Je sais casser des œufs, je sais un deux trois quatre cinq six sept huit neuf dix, je sais le numéro de ma Nané, Maillot 22 59. Je sais son adresse, 12 rue Pauline-Borghese. Je sais un deux trois soleil. Je sais que, quand je serai grande, je ressemblerai à papa si c'est possible, j'aurai même, comme lui, une barbe. Je sais que ma valise est prête. Je sais que j'y ai mis toutes mes affaires. J'énumérais mes affaires, je les comptais sur mes doigts et ceux de Clara, et puis j'attrapais le premier rêve qui passait et, abracadabra, je ne voyais plus rien, je n'entendais plus rien, je ne sentais plus rien, j'échappais à maman, à Violaine et à leur monde dans lequel il se passait des trucs louches mais je n'étais plus concernée. Plus pour moi, la nudité crue de Violaine et maman. Plus pour moi, le mystère qui a trop vite cessé de l'être de ce qui se passait entre elles.

*

J'aurais bien voulu garder tout ça flou quelques années de plus. Mais, en même temps, il n'y avait pas de porte, pas de rideau, maman et Violaine étaient contre les portes et pour la circulation de l'énergie, des gens, de l'air, des secrets, des corps, des rêves, des amants et des amantes, rien à cacher, rien à voler, ou tout, allez-y, servez-vous, ce qui est à nous est à vous, ce qui est vrai est vrai, ce qui est naturel est naturel, vice versa, les cuillères cuites et noircies, les vrais et faux tatouages entre les cuisses.

Souvent, après l'école, je mourais d'envie de voir maman, mais j'hésitais avant d'entrer. Tout ce fatras de verres, de bouteilles, de cigarettes et de joints nageant dans le marc de café, et parfois d'autres personnes étendues par terre, ou tête-bêche sur le lit, il y avait toujours une surprise, et quand il n'y en avait pas, c'était pire.

Aujourd'hui c'est dans mon propre fatras que j'hésite à me réveiller, chewing-gums mâchés, crachés, remâchés dans un demi-sommeil, médocs pris ou pas pris, muesli, livres lus, relus, abîmés, servant de bloc-notes, de porte-chewing-gum, de dessous de tasse, vitamines pour pas vieillir pas mourir, alors je range la chambre de mes enfants, ça les énerve, ils ne sont plus des enfants, ils n'en peuvent plus de consoler cette mère inconsolable, mais je range, je range, et je nettoie.

Parfois, cinq minutes, comme une brusque envie de fumer, ce bordel ancien me manque, ce monde binaire : femmes contre hommes, poètes contre bourgeois, grands bandits contre petits esprits. Tout était commode dans cette confusion, ce foutoir, ce cirque, ce théâtre pour de vrai. Maman s'est révoltée, mise en colère, mais plus tard – j'allais écrire avec l'âge, sauf qu'elle n'a pas eu le temps de devenir âgée. Elle s'est vraiment révoltée, mais contre la vie qu'elle avait eue et qu'elle avait ratée, et aussi contre l'autre, celle qu'elle avait quittée, leur vie, belle et triste, un jour Nancy Cunard et Aragon, un autre Jane et Paul Bowles, un autre Bonnie and Clyde, ils étaient si jeunes.

Mais je sais aussi qu'il n'a jamais été question non plus de changer vraiment les choses : qu'est-ce qu'elle serait devenue, maman, dans un monde avec lequel elle aurait été d'accord ?

*

Mes amis croient que je suis normale. Vie jolie, enfants adorables, amoureuse depuis vingt ans, vacances au soleil, chats instagrammables, copains fabuleux.

Personne ne sait que je me cogne partout et tout le temps au manque de maman, à la peur de lui être infidèle ou, au contraire, de lui ressembler.

Est-ce que tu me vois, maman ? J'ai deux crédits à la banque, deux enfants que j'étouffe, quatre chats dont deux débiles et une estropiée, des rides en pattes d'araignée autour des yeux et des oignons aux pieds, le même amoureux qui me supporte et tient bon depuis vingt ans, quelle dinguerie, je ne suis ni parfaitement féministe, ni tout à fait écologiste, ni vraiment révoltée, pas encore alcoolique, plus du tout droguée, j'ai un abonnement à la gym, une carte de métro et une autre du Carrefour Market, je ne me fais pas les ongles, je ne me coiffe ni ne me teins les cheveux, je mets du rouge à lèvres une fois par an et surtout sur les dents, je suis toujours aussi raisonnable, aussi peu fantaisiste : je mets beaucoup d'énergie à essayer de ne pas te ressembler, maman.

Et pourtant, oui, comme toi, addict à tout ce que je goûte, capable de siester toute la journée et d'oublier de manger, je ne vais jamais faire d'examens médicaux, j'attends l'abcès pour consulter un dentiste, je vole des trucs dans les endroits chics, je peux passer des jours sans sortir, sans répondre au téléphone ni ouvrir le courrier, je fais le clown, je cherche la bagarre avec Pablo et je la trouve, je suis de très mauvaise foi, je fugue quelques heures tous les mois, je m'habille n'importe comment, j'héberge n'importe qui, je donne l'argent que je n'ai pas à qui m'en demande dans la rue juste pour être aimée cinq minutes, je ris trop fort, je défends des gens qui n'en ont aucune envie, je suis souvent joyeuse mais toujours sous Prozac, j'écris des phrases magiques au rouge à lèvres sur les miroirs, je bavarde avec des inconnues, j'ai tout le temps le nez qui coule et un mouchoir à la main, être écrivain ne m'intéresse pas, ni faire des critiques dans les journaux, et je suis très contente, chez l'éditeur qui me supporte, de m'occuper depuis presque trente ans des manuscrits qui arrivent par la poste et qu'on ne publiera jamais, je me demande comment j'arrive à me supporter, moi aussi, je sais que je rate ma vie, je n'ai pas pu être une enfant et je ne sais pas être une adulte.

Et encore le contraire. Car tu vois, maman, je veux un salon, une table basse, des housses de couette sur les couettes. Une cuisine équipée pour des repas d'enfants, pour de folles et surtout sages équipées, je veux que les gens préviennent avant de passer, je veux être une mère type, encagée de principes, je suis une enragée de la normalité, une mormone de l'ordre familial, je suis très, très chiante.

Je veux le poulet rôti du dimanche en famille, puis le cinéma, j'aime les moments où on est ensemble avec Pablo et j'aime quand on s'ennuie un peu. J'aurais aussi aimé, maman, dîner avec toi devant la télé, le film serait moyen et on aurait la flemme de le commenter, ce ne serait pas grave, on se tiendrait la main. Ou même, encore mieux, on serait deux petites vieilles dans un avion, très, très vieilles, très, très long-courrier, destin commun pendant vingt heures, impossible de se quitter, de s'abandonner et de se trahir, c'est plus facile d'être vieille que d'être enfant, on attend moins de vous, ou plus grand-chose, on regarde à la télé les pubs Senior+, on achète cette rampe d'escalier électrique, ce sous-vêtement discret antifuite, ce téléphone à grandes touches.

J'ai attendu d'avoir quarante ans pour m'autoriser le vin, le champagne, l'ivresse, pour danser, faire la fête, avoir la gueule de bois le lendemain et, chaque fois, je pense que c'est grave, très grave, que ça va déclencher un scandale et que la DDASS va arriver et m'enlever mes enfants.

Je veux du quotidien en goutte-à-goutte. Je ne suis pas à la hauteur des risques qu'a pris maman et de sa folie. C'est pas pour moi, la liberté magnifique. Je fais de mon mieux, moi, pour conquérir les rituels, apprivoiser la routine, être comme tout le monde. Je veux une vie amaigrie et millimétrée, cadrée, maîtrisée, barreaux à tous les étages. Je hais les hippies, les babas cool, les gens cool par convention, les bandits que fréquentait maman, les types avec qui elle avait fait le casse de Turlututu et l'attaque à main armée de la maison d'Ermenonville. Je hais ses copines de Fleury-Mérogis qui lui téléphonaient, chaque fois qu'elles sortaient à leur tour : Allô ? c'est moi, Poupouille ! ça fait un bail ! Maman savait Verlaine par cœur, elle était incollable sur *Nadja* et André Breton et elle voulait, avec papa, si j'avais été un garçon, m'appeler Maldoror : qu'est-ce qu'elle avait à rester collée à ces femmes qui n'étaient tellement, tellement pas son genre ?

Tu étais trop polie, maman, pour être tout à fait cool. Mais tu as dû y croire, à la réflexion, que tu étais libre, que rien n'avait de conséquence, que la beauté gouvernait le monde, qu'il ne fallait pas lâcher Poupouille et que c'était, comme le travelling, une affaire de morale et de poésie. Regarde, mon Minou, regarde comme je m'accroche aux étoiles, funambule suspendue dans le vide, sans filet, zut, pas de filet, où est le filet, rattrape-moi, aide-moi, mais non, c'est trop tard, tu es trop petite, voilà.

Tu vois, maman, je ne serai pas tellement plus heureuse que toi. Je resterai, comme toi, championne ex aequo du mal qu'on se fait à soi-même, du renoncement, des décisions pas prises, du travail pas fait, des journées entières à dormir, des nuits somnambules, de la vie gâchée. Tu vois, maman, tu es encore un peu là avec moi. Jour après jour, j'attends que la vie passe, le moins désagréablement possible, avec toujours le remords à mort de n'avoir pas pu te sauver. Je ne réponds pas quand on sonne à l'interphone sauf si c'est deux coups suivis d'un silence suivi d'un autre coup, signal de Pablo et des enfants. Ni au téléphone, laissez-moi donc un texto, je ne rappelle personne, je veux qu'on me laisse tranquille, confite, confinée, claquemurée entre le chagrin, le remords et la vie. De temps en temps, comme toi peut-être, j'ai l'envie brusque de quitter la torpeur de cet aquarium dans lequel je tourne en rond et en rond et en rond depuis maintenant si longtemps. Je me dis bon, allez, c'est un peu long cette hibernation, on avait dit que ce serait provisoire – le provisoire qui reste toujours, c'est toujours du provisoire ? Je me dis que je cesserai bientôt d'avoir peur des voyages, des nouvelles choses, je cesserai d'avoir peur de la vie parce que j'ai peur de la mort. Mais pas aujourd'hui, hein, plutôt la semaine prochaine, on en reparle, ou même le mois prochain, ou l'année prochaine. À chaque fois, je suis très optimiste, j'y crois, sûr et certain : après la sieste, tout ira mieux. Comme toi, maman. J'ai pas besoin de te chercher, tu vois, j'ai pas besoin d'écrire un livre, le énième, pour te retrouver, puisque je fais tout comme toi, mais à l'envers.

*

Le jour où Paul, mon fils, a préféré partir en vacances chez un copain que venir avec nous au Cailar, notre village en Camargue, notre deuxième chez-nous, là où on se réfugiera en cas de peste bubonique ou de pogrom, mais que lui appelle Le village des hommes bourrés, ma vie ne voulait plus rien dire. Alors, j'ai enchaîné les siestes. Sieste, muesli, chewing-gum, Instagram, bisous à Angèle, resieste, remuesli, et puis, si c'est trop dur, il y aura bien une autre sieste derrière, et puis une autre, je peux continuer comme ça jusqu'à ce que mon fils ait changé d'avis. C'est terrible que mes enfants ne veuillent pas rester des enfants. Voilà qu'il leur prend l'envie de devenir grands. Fini, les tétines en bandoulière, les gratouillis avant de se coucher, les pleurs quand je pars. Pourquoi ? Elle n'est pas bien leur enfance ? Ils n'ont pas tout ce dont un enfant a besoin pour être content d'être un enfant, pour avoir envie de le rester, le parc à jeux, le Luxembourg, les pâtés de sable, les toboggans les toboggans les toboggans, remonter redescendre remonter redescendre, tous les jours après la crèche, tous les week-ends après la classe, même s'il pleut, même en cas de canicule, les manèges les cinémas les guignols, les goûters d'anniversaire, des jouets des jouets des jouets, encore plus de jouets, tous les jours, jouez, s'il vous plaît, jouez, qu'est-ce qui leur déplaît ? pourquoi ils grandissent ? pourquoi se jeter tout cru et si vite dans la grande gueule ouverte du monde ? j'ai pas fini leur enfance, moi ! j'ai encore deux ou trois comptes à régler, des bricoles, j'ai pas fini de me venger de la mienne. Ai-je même besoin de cette enquête ? de ce retour sur les traces de maman et dans les caveaux de sa vie illisible ? La part mauvaise de moi a tout compris.

*

Aujourd'hui, c'est cimetière. J'ai tout organisé, pour une fois. Et je me suis dit que ça allait me faire avancer.

Comme chez maman, on est entrés sans frapper, portes ouvertes et cœur fermé. Il est si grand, ce cimetière, avec ses tombes qui chuchotent leurs reproches, depuis combien de temps vous n'êtes pas venus, vous nous avez abandonnés, vous avez abandonné Isabel, que faisiez-vous ? Je ferme mes oreilles. Comme quand j'étais petite, je les ferme de l'intérieur, car je sais que je ne ferai pas taire le brouhaha. Je n'entends même pas le gardien qui déboule, qui ouvre et ferme la bouche, lui aussi, sans un son, puisque je suis la reine des sourdes. Il s'agite. Il montre les policiers (mon père n'a pas le droit de sortir sans policiers). Et quand on lui demande s'il veut bien nous indiquer le chemin vers la tombe de maman, il se radoucit et je me débouche un peu les oreilles. Mais comment donc ! mais bien sûr ! qu'on ne s'inquiète pas, il va même nous y accompagner, il est là pour ça, c'est sa seconde maison, son domaine.

Vous n'êtes pas sans savoir, messieurs-dames, que « le cimetière de Montmartre est inclus dans Paris depuis 1860 ? Il couvre très exactement onze hectares, soit la même superficie que le cimetière des Batignolles, ce qui en fait, ex aequo, après le Père-Lachaise et Montparnasse, le troisième cimetière intra-muros de Paris ». Il montre la première tombe devant nous et un nom à demi effacé, sans doute un proche parent car il est brusquement très ému. Je ne vais pas vous apprendre non plus que « le cimetière de Montmartre compte plus de vingt mille concessions et que cinq cents personnes y sont inhumées chaque année » ça fait du monde et du renouvellement. C'est une parente, vous aussi, que vous venez voir ? Quelle époque ? Ah ! Une jeune morte, alors. Je suis désolé. Condoléances. Tenez, voilà la dernière demeure de Delphin Alard, 1815-1888, quel malheur, quel chagrin ! Il sort de sa poche un mouchoir pour être triste plus vite, s'essuie les yeux, ah, ce sont toujours les meilleurs qui partent en premier, ça me fait le même effet que si c'était hier.

Nous, au début, on est polis, on écoute, c'est vrai qu'il va lentement, qu'il a trop de parents et qu'il s'arrête un peu trop souvent, mais comme il semble réellement accablé et qu'on n'a surtout pas trop le choix, on s'intéresse. Ce jour-là, comme toujours, papa m'a dit j'ai tout mon temps, ne t'inquiète pas j'ai tout le temps que tu veux. Ce n'est pas vrai, évidemment, son temps est minuté, les policiers le savent et montrent qu'il ne faut pas traîner. Est-ce que papa traîne jamais ? Je crois qu'il ne connaît même pas le mot. Mais là, il traîne. Pour maman. Pour moi. Peut-être aussi pour agacer les policiers qui ne sont pas la même équipe que d'habitude et qu'il a l'air de trouver trop zélés. Moi je sais bien que, même s'il fait mine d'avoir tout son temps, il n'en a pas autant que le monsieur.

Ah, voilà Laurent, un des derniers amis de maman, elle l'appelait Nathanaël car il était très beau, très révolté, familles je vous hais, sauf maman, papa et petite moi, et je ne l'ai pas vu depuis vingt ans. Il nous rejoint en riant, comme toujours, comme avant, mais avec des nouvelles et grandes rides en parenthèses autour de la bouche. Il ignore magnifiquement le guide

(« Fait quasi unique en France, le cimetière de Montmartre est enjambé par le pont Caulaincourt construit après de multiples polémiques en 1888 ») et nous déroule une théorie à lui sur ce que les surréalistes auraient pensé de maman et sur ce que maman aurait dit de la guerre à Gaza.

Il y a François, le second mari de maman, après papa, après Violaine, mais a-t-elle jamais quitté Violaine ? qui sanglote à petit bruit.

Il y a Gilles qui se pointe, sans ses chaussures : il est l'une des personnes les plus étincelantes que je connaisse, mais aussi l'une des plus fantasques. Il a été, brièvement, juste avant Violaine, l'amant de maman mais je n'aime pas y penser parce qu'il est aussi mon parrain : ça tombe bien, il est nu-pieds comme un sadhu parce que son podologue lui a dit que c'était bon pour la mémoire et ça fait rire tout le monde.

Il y a Denis, je ne comprends pas bien pourquoi il est là, sans doute un ami de papa à l'époque, mais c'est gentil, ça fait un petit groupe, maman est contente, moi aussi.

Et puis Claire, sa dernière amie. Quand elles se sont connues, elle vivait avec deux hommes. Elle aussi parle sans arrêt mais ne dévoile rien. C'était un personnage, une figure, elle avait les yeux très clairs et cherchait querelle aux fausses choses.

De toute façon, tout le monde parle en même temps, personne n'écoute personne, et à plus forte raison le guide, qui est devenu agent immobilier et nous vante maintenant les qualités du terrain des anciennes carrières de Montmartre, réputées pour leur gypse, et que l'on sent prêt à nous le vendre à la découpe.

Laurent s'attarde devant la tombe de Dalida, nous explique Orphée dans les favelas et maman en Eurydice, Gilles a disparu, papa s'est éloigné avec ses policiers pour répondre au téléphone, le guide me déteste et ne s'adresse plus qu'à Claire qui ne s'adresse plus qu'au guide.

Mais voilà enfin la tombe de maman. Facile à trouver, en fait, on n'avait pas besoin de ces détours. Je tangue d'un pied sur l'autre. Je me dis oh là là elle est très abîmée, quand même, cette tombe, on dirait qu'elle a mille ans. J'ai un léger vertige. François s'est agenouillé, il a sorti de je ne sais où un plumeau et une raclette, et il récite un poème. Papa revient, son ombre longue sur la tombe et sur moi, comme d'habitude, rassurante.

Mais le guide nous a rejoints. Ah, il demande, dans une ultime tentative de nous pourrir notre recueillement, vous avez trouvé la dernière demeure de Berlioz ? On rit sottement. On a le fou rire. Il semble très courroucé, marmonnant qu'à Montmartre on n'accueille que les gens bien, les gens corrects, pas les mal élevés comme nous qui troublons le repos éternel des défunts, et que je vous mettrais tout ça au gnouf, et vous pourrez toujours courir pour que je vous coopte, ah ça, jamais, le prochain qui clamse n'aura rien, pas un lopin ! Et puis il repère d'autres hypothétiques aspirants locataires aux bras chargés de chrysanthèmes, et nous plante là.

De toute façon, c'est bon, on est devant la tombe de maman. Elle est toute propre, en fait. Quelqu'un est venu la nettoyer avant nous, quelqu'un a pris soin de maman : qui ? On l'époussette quand même, François avec sa raclette, et nous du plat de la main, comme une caresse, bonjour.

Sur la plaque de pierre, on a fait graver Isabelle, papa et moi, il y a vingt ans. Isabelle avec deux L. Mon ange de maman avec ses deux ailes bien gravées. On avait hésité. Car quand est-ce que maman s'en est coupé un, de L, pour devenir Isabel ? Et pourquoi ? L'a-t-elle rangée, l'aile, pour ne pas l'abîmer ? Gardée pour plus tard ? Est-ce qu'elle pensait qu'elle ne méritait pas d'en avoir deux ? Influence de Violaine ? de l'époque ? En tout cas on a décidé de ne pas se poser la question et de l'enterrer tout entière. Elle aura besoin, au ciel, de toutes ses ailes. Déjà qu'il lui manque un sein… Et puis, une fois arrivée, elle pourrait toujours en changer, choisir une aile comme ci, ou une aile comme ça, peut-être qu'elle aura même le droit de récupérer aussi un nouveau sein, ou deux, ou trois si elle veut, et de rire de toutes ses belles nouvelles dents – est-ce que les anges ont des dents ?

Papa s'est assis sur une tombe voisine, dans une gentille dentelle de soleil découpée par l'arbre au-dessus de nous. Alors, nous aussi on s'assied. Les tombes sont rugueuses. Il faut faire attention à ne pas poser un bout de fesse sur un prénom ou une photo. Gilles, très agité, marche à cloche-pied sur une chiure d'oiseau, personne n'ose lui en faire la remarque. C'est bizarre qu'il n'y ait pas de chaises. Les vivants aiment bien s'asseoir. Il faudrait aussi une buvette, les vivants aiment manger. Et puis un coin pour jouer au backgammon, j'adore jouer au backgammon, et une piste cyclable pour les trottinettes, et un piano, et un cabinet de lecture, et un stand de voyance, des attractions quoi. Peut-être qu'on viendrait plus souvent voir maman si c'était comme ça, plus accueillant. Mais non. C'est nul. Alors, plus personne ne parle. On est tous assis bêtement. Maman est là. Elle nous observe.

*

Depuis que maman nous a quittés, qu'elle est partie, oh là là ces périphrases, depuis qu'elle a rendu l'âme, mais à qui, depuis qu'elle me manque même quand je dors et que je ne pense pas à elle, je m'applique à bien vieillir à sa place. La grosse ride qui me barre la joue du côté de la sieste reste visible pendant des heures, même si je la frotte comme une malade avec mon Gua Sha en quartz rose. Je ne mange que du côté gauche parce que j'ai un problème avec un implant à droite, et non, je n'irai pas le faire soigner, et oui ça disparaîtra tout seul, avec de l'homéopathie, des tisanes au thym, des gargarismes au Synthol, c'est comme ça que faisait maman. Le matin je n'arrive pas à accommoder, je vois tout dans le brouillard, le temps qu'il fait, le jour qui se lève, le monde autour de moi, où est-ce qu'il commence, où est-ce qu'il finit, je m'en moque, c'est bien comme ça, c'est doux, c'est ouaté, pas d'angle où se cogner, et tant pis si je me cogne quand même, si j'arrose mon lit de thé, si je beurre ma main, si je me brosse les dents à la crème anti-âge, si je ne suis bonne à rien, ni le matin ni après, d'ailleurs souvent je me recouche, après avoir fait quelques exercices contre le syndrome de la fesse morte et la sarcopénie, oh la bonne sieste, coucou maman.

Maman se cramponnait à ses siestes, elle s'y enterrait, comme si le problème de sa vie c'était juste la fatigue, le manque de sommeil, la récupération. Ça se terminait toujours par une lutte entre maman et les draps, maman et la lumière du jour, maman et l'épaisseur du sommeil, maman et ses mains qui, elles, n'étaient jamais en repos et grattaient maman au sang. C'était le manque. La souffrance des heures de sevrage obligé. Mais je l'ai compris plus tard, bien plus tard, quand je me suis mise, moi aussi, à me gratter parce que maman me manquait et que je me suis un peu trop mise à vouloir lui ressembler et à l'imiter. Maman grognait, se débattait, elle ne voulait pas revenir à la surface d'elle-même. Parfois je la secouais un peu, très gentiment. Mais parfois c'est la cigarette qui gagnait. Dans ce demi-évanouissement, la main de maman finissait par trouver le briquet, à côté du lit, sur la moquette trouée. Ça la réveillait juste assez pour qu'elle l'allume. Elle avalait la fumée comme une noyée. Et, ensuite seulement, tes yeux s'ouvraient, maman, et se plissaient, et me souriaient si tendrement qu'il n'y restait plus une once de désespoir et que, maintenant encore, ça me donne envie de pleurer. Et puis tu faisais une grimace de petit singe pour me faire rire et, quand je riais assez fort, ça t'arrachait au marécage de la sieste.

*

Je revois encore maman, le week-end, passant la journée allongée sur son lit, tout habillée, pieds croisés, mains jointes, yeux ouverts, mais ouverts sur rien, des yeux vides de gisante, ou pleins de quelque chose que je ne voyais pas : un fantôme ? son enfance ? les graines germées de ses cancers déjà en route ? cet amoureux qui, un soir qu'il était saoul, avait escaladé avec elle l'hôtel particulier d'un con d'aristo de Rennes ? le con a porté plainte, l'amoureux est allé en prison, maman y a échappé, je n'ai jamais bien compris pourquoi – peut-être ses parents qui, pour une fois, se sont bougés ?

Mais j'étais toute petite. Et ça m'était un peu égal, les heures immobiles de maman, j'étais contente d'être avec elle, même silencieuse, même gisante, je m'affairais pour deux, je passais des coups de téléphone imaginaires, je dessinais des chats sur les pages de garde de ses romans japonais, j'étais avec elle. Elle ressuscitait toujours, en ce temps-là, avec sa gaieté de jeune épousée, et ses yeux qui semblaient n'avoir jamais pleuré.

*

Est-ce qu'il faut que je retourne à Mordelles, la maison de son enfance, le cabinet médical de ses méchants parents, dans la banlieue humide de Rennes ? Est-ce que c'est là qu'est son secret ? je me souviens de l'adresse, 13, rue du Docteur-Dordain, des bouillons effrayants de la rivière, de l'école maternelle à côté, de l'église, du chemin de terre sans lumière qui conduisait à la boulangerie, je me souviens de tout. Et l'odeur acide des médicaments, des antiseptiques, des bocaux, des punitions, du vouvoiement obligatoire à la maison plantée dans ce décor de brume. Oui maman, vous avez bien fait de me gifler. Oui papa, tous ces malades anxieux dans le salon/salle d'attente du rez-de-chaussée vous gâchent vos journées. Oui papa, oui maman, vous avez toujours raison.

Je n'avais pas le droit, quand ils avaient expédié leurs derniers patients, ni de jouer avec le chariot des compresses et des pansements, ni de farfouiller dans le grand meuble aux médicaments, ni d'essayer le stéthoscope solennel qui attendait la prochaine petite vieille tuberculeuse que ma grand-mère allait martyriser. Mais je le faisais quand même. Et, quand tout le monde était à la messe, ou au marché, ou je ne sais où, je secouais les fioles, je sortais les radios, je prévenais une dame imaginaire : vous avez une fracture du poumon, madame Trucmuche. Je grondais un monsieur : vous n'avez pas bien pris votre sirop de patate, monsieur Tartempion. Et le téléphone ! Je répondais d'une voix flûtée : non, monsieur le président de tout l'univers, je ne fais pas de visites à domicile, vous m'emmerdez cher ami. Je dessinais dans le carnet de rendez-vous. Je gribouillais une ordonnance. J'appuyais quinze fois sur la poire du tensiomètre : oh là là, 37 sur 18, mais ça ne va pas du tout, madame Cracra, il faut que je vous ausculte les oreilles et que je vous donne des coups de marteau sous les pieds, et après je vais vous chanter une chanson guérisseuse. Et puis j'entendais le tacatac des talons aiguilles de ma grand-mère dans le vestibule. Puis sa voix de vieille petite fille terrifiante : Justine, tu es là ? Justine, c'est ta gentille grand-maman, viens m'embrasser ! Je me faufilais par la porte de service, j'allais me cacher dans les toilettes au fond du jardin et, comme je savais qu'elle allait trouver quelqu'un d'autre à torturer, en général un de ses fils et petits frères de maman, et qu'elle allait m'oublier, j'attendais tranquillement l'heure du dîner.

À table ! Se tenir droite, pas parler, terminer son assiette, penser aux petits Éthiopiens. Mes grands-parents, très Maréchal nous voilà et croisade contre la Sécurité sociale, la jouaient aussi médecins des pauvres, on conchie l'administration mais, quand il faut, on soigne gratis. Avec les Éthiopiens il n'y avait pas de risque, on n'en avait jamais vu à Mordelles. Moi, je ne disais rien. Je faisais passer le morceau de gras de viande d'un côté à l'autre de la bouche, en espérant qu'il finisse par se désagréger et, s'il ne se désagrégeait pas, j'attendais le moment de le cracher dans ma serviette qui sentait le chlore.

Une nuit, j'ai été réveillée par des éclats de voix qui venaient de la chambre de maman, à l'étage, au-dessus de la mienne. Des mots horribles, des insultes, des cris de maman à faire trembler la terre, arrêtez papa, arrêtez, vous ne pouvez pas, vous n'avez pas le droit, laissez-moi. Je me suis concentrée très fort sur les mailles de la couverture comme des points à relier, dans les pages jeux du *Journal de Mickey*, qui allaient devenir une maison avec plein de trous et de bosses, et je me suis endormie, petit animal terrifié qu'un piquet invisible empêchait, de toute façon, de bouger. Quand je me suis réveillée, le silence revenu dans la maison indiquait que je pouvais sortir. Maman ? Maman ça va ? La porte de sa chambre a grincé, elle dormait, elle avait pleuré, deux rigoles de sel sur ses jolies joues, un peu de sang séché sur les draps. Je me suis hissée sur le grand lit, elle s'est blottie contre moi et s'est remise à pleurer mais sans vraiment se réveiller. Dehors, soufflait un vent inconnu. Bien sûr, je dois retourner à Mordelles.

*

Sur les murs de ma chambre, il y avait un Christ aux bras écartés qui n'en finissait pas d'agoniser et, sur le même mur, autour de lui, des portraits croûteux des méchants aïeux de Jacqueline et Jean qui, dès que je m'endormais, me grondaient de ne pas être allée à la messe. Je me réveillais en pleurant mais (j'étais experte) sans pleurs et sans bruit. Je ne me levais surtout pas, terrorisée par les pots de chambre en faïence alignés dans le couloir comme des crânes dans *Indiana Jones* et puis parce que la nuit, à Mordelles, était le règne de messieurs Parquet qui craque et Tuyaux qui chouinent. Ou peut-être était-ce ma grand-mère qui grinçait des dents ? Mon grand-père qui revenait persécuter maman ? Ou des patients, en bas, râlant d'avoir été oubliés dans la salle d'attente, ou furax d'être enfermés dans les bocaux formolisés ? Je me fondais dans mes draps et, à tout hasard, essayais d'inventer une suite à l'Ave Maria, ou chantais au Christ en croix, à voix très basse, pour le consoler, « Au clair de la lune, mon ami Pierrot ».

Le mystère, c'est pourquoi maman retournait encore à Mordelles. Y compris plus tard, après que papa a trouvé, planquée dans la cabane à outils, la photo du vieux monsieur à képi et moustache dont mon grand-père Jean m'avait dit en secret qu'il avait voulu sauver tous les Français, enfin presque tous, pas les Français israélites comme papa. Ce jour-là, papa est parti et n'est plus jamais revenu. Il a dit qu'il se passait trop de trucs glauques derrière ces volets pimpants. Je pense aujourd'hui que, si maman a continué à y aller sans papa qui avait bien failli, ce jour-là, en venir aux mains avec Jean, c'est à cause des nouveaux médicaments qu'elle emmagasinait pour son panier près du lit. Quand ses parents sortaient, smoking, robe du soir, tralala, reine du bal et docteur des pauvres endimanché, pour dîner chez un notable du coin, on descendait, toutes les deux, chiper des souches d'ordonnances qu'elle troquerait, revenue à Paris, à la pharmacie, contre des boîtes de médicaments et ça l'enchantait. Ou, avec des amis de passage, contre des tas de billets de banque qu'elle convertirait à leur tour en flacons et sachets de poudre qui la faisaient planer, vomir, gémir, siester, hiberner, et se réveiller sans avoir pleuré.

*

Mais comment se fait-il, alors, qu'il y ait aussi des souvenirs heureux, des parenthèses magiques comme on dit dans les albums débilitants pour la jeunesse que je me suis appliquée à lire à mes enfants ? (Parce que le bonheur est débilitant – mais c'est pas grave, ça fait du bien.)

Un été au camping de Locmariaquer, j'avais six ans, je me souviens de ma grand-mère, que je ne détestais peut-être pas encore, s'enveloppant de graisse à traire sous le soleil blanc de Bretagne. De mon grand-père, cigarette derrière l'oreille, piquant du nez, l'après-midi, dans sa chaise pliante à rayures, sur le dernier numéro d'*Aspects de la France*. De maman et de ses nouveaux amis, avec qui fumer des cigarettes-qui-font-rire. Et de la vingtaine de lettres de papa, reçues d'un bloc, il m'écrivait tous les jours, poste restante, mes oncles Roch et Charles-Antoine, les petits frères de maman, allaient les chercher et me les lisaient à table, à haute voix, d'une traite, sans presque lever les yeux ni reprendre leur souffle.

Je me souviens aussi des grosses fleurs orange et marron de la banquette, dans la caravane préhistorique qu'ils louaient pour l'été. Je n'ai jamais compris comment ils pouvaient passer des dîners tralala à ces vacances barbecue, survêt après le smoking, les uns sur les autres, et le puits des toilettes communes où l'on disait qu'un enfant s'était jeté pour échapper aux devoirs de vacances – mais c'était gai.

Jacqueline et Jean avaient la flemme d'être méchants. Il n'y avait plus de Violaine à l'horizon. Maman ne passait pas son temps à siester pour échapper à la vie. Il n'y avait pas d'histoires de seringues, de dealers, de compte à découvert, de papa qui venait à son secours, de police. Je courais dans les dunes. J'étais bronzée des avant-bras et des mollets. C'est un souvenir si doux que parfois je me demande si c'est le mien.

*

Je suis retournée à Mordelles. Au début, sur la place, je n'ai pas retrouvé la maison. Peut-être qu'elle n'est plus là. Ou que j'ai confondu et que ce n'est pas Mordelles, mais Bordelle ou

Séquelle ? Il y a, à la place, une boulangerie-pâtisserie, un coiffeur « C dans l'hair », une Banque postale, un magasin Optic 2000. Je passe et je repasse devant, je dois avoir l'air louche, car l'opticien sort pour me demander, l'air méfiant, si je désire quelque chose (oui, rendez-moi mon enfance). Et puis ça y est. L'église. La ruelle du coin, maintenant goudronnée. Un cri d'oiseau. Un tilleul. Et puis cette maison riquiqui, agglutinée à d'autres maisons riquiqui, que j'ai fini par reconnaître. Dans mon souvenir elle était gigantesque, impériale, intimidante, chic. Ça m'étonne cette fenêtre, à l'étage, condamnée par des planches. Qu'est-ce qu'est devenu le jardinet moussu que le soleil fuyait et dans lequel je restais des heures à lancer des cailloux aux nuages, à examiner les vers de terre et à compter les fourmis en colonnes le long du banc de pierre où personne ne s'asseyait jamais ? Est-ce qu'il est toujours là ? La maison est fermée. Les maisons hantées doivent avoir l'air de ça.

Ma grand-mère que je n'aimais pas venait nous chercher à la gare, dans sa R5 de médecin de la France d'en bas, avec ses robes blanches, brodées et dentelées de dame en train de devenir vieille et folle, des fleurs dans les cheveux, les lobes des oreilles allongés par des bijoux trop lourds et sa voix de sorcière mielleuse. Elle avait tissé sa toile d'araignée autour de ses enfants. Christophe, le jumeau de maman, avait été capturé mort vivant dans la toile, il n'a jamais eu le courage ou la force de s'enfuir. Il a vécu avec elle, chez elle, dans son lit, jusqu'à ce qu'elle meure. Et, depuis, siestes siestes siestes et resiestes dans une maison de repos, un asile d'où il n'est jamais plus sorti. Une fois, si. Ou deux. Pour voir maman. Et puis pour son enterrement.

Maman, de temps en temps, docilement, bonne fille et bonne sœur, revenait à Mordelles, contre l'avis de papa, se faire manger un bout du cœur et rentrait à Paris avec des cernes mauves. Car Jacqueline adorait entretenir la toxicomanie de maman. Elle lui offrait toutes sortes de médicaments et, pour les ranger, des boîtes en plexiglas, ou en laiton, ou en métal, parfois ornées d'un caducée ou d'une Vierge Marie, cadeau ma Zazou.

Elle était contente de voir maman, de décréter qu'elle avait mauvaise mine, tire la langue ma chérie, voilà voili voilo le bon sirop, et ça aussi, ouvre encore, plus grand, c'est comme une petite hostie, voilàààà, bonne sieste, ma fifille chérie, maman est là qui veille sur toi, je suis ta ~~sorcière~~ maman bien-aimée, là pour toi, toujours là. Et maman, la mienne, se laissait faire, se laissait renfermer, recapturer, un gémissement, une protestation, un miaulement et pof, elle s'abandonnait. Parfois elle vomissait. Ma grand-mère que je n'aimais pas, très mécontente, la grondait : Isabelle tu as vomi ton cadeau, qu'est-ce que c'est que ce caprice, qui est-ce qui commande ici ? c'est vous, maman, c'est vous, c'est toujours vous. Parfois c'est à moi qu'elle offrait une ou deux hosties, pour que je dorme et communie en même temps que maman, pour qu'on soit une belle famille bien réunie dans la bonne santé, la foi et le sommeil. Il y avait, dans notre famille, un côté Dupont de Ligonnès. Mais double Dupont. Côté père et côté mère. Qui, de Jacqueline ou de Jean, a le plus rêvé de droguer et assassiner ses enfants ? Ça aussi, je dois l'élucider.

*

Maman ne m'a jamais parlé de son enfance. Elle avait dû être une enfant médiocre. Je veux dire : médiocre sur l'échelle des enfants enfantins. Pas un mot. Pas une photo. Si, j'en ai une. Mais c'est moi qui l'ai retrouvée, après son enterrement, dans son agenda Quo Vadis. Elle doit avoir trois ans. J'ai mis du temps à la reconnaître.

Petit corps potelé, ventre dodu, cambrure, les jambes légèrement arquées, grosses joues, elle ne regarde pas la personne qui prend la photo, elle a l'air distrait par quelqu'un, hors champ, son frère Christophe sans doute, ou un autre enfant dont elle est déjà amoureuse, elle a l'air au bord d'un rire ou d'un pleur. Pourquoi, puisqu'elle l'a gardée, ne me l'a-t-elle jamais montrée ? Pressée de passer à autre chose, de quitter Mordelles, de monter à Paris, même pas le temps de passer le bac, boum, ouf, et rencontrer papa ? C'est la thèse de papa. Je l'ai tellement interrogé, cuisiné, embêté. C'est sa thèse : famille toxique, cadavres dans le placard, solitude immense, tragédie silencieuse, le mauvais côté de la France, ta mère a fui tout ça.

*

Il a fallu que mon ex-mari me plaque pour qu'on vive enfin ensemble, maman et moi. Le matin était un matin et, à l'heure du déjeuner, on déjeunait. Tu cuisinais des potages, des vrais, avec des légumes, des vrais, pas de choses déshydratées Maggi dont on raffolait toutes les deux, et on mettait la table, couverts, serviettes, carafe. Et, la nuit, quand je m'endormais, je savais, pour la première fois de ma vie, que tu serais là à mon réveil ou que, sinon, tu laisserais un mot, un post-it sur la table ou le frigo, Minou je reviens, et c'était vrai, tu revenais.

Dans le gros agenda que j'ai retrouvé, je vois qu'elle a gardé les lettres de reproches qu'Adrien m'a envoyées après notre séparation. Elles étaient odieuses et perverses. Je les avais jetées, je m'en souviens très bien. Mais elle les avait récupérées et annotées. Comment ? Pourquoi ?

Elle l'a assez vite détesté, ce type. Elle a perçu le pervers sous la candeur postiche, le faux gentil, le faux ami des femmes, le faux tourmenté, son empressement à plaire, elle a tout compris avant moi.

Je n'ai pas envie de les relire, ces lettres. J'ai envie de les re-jeter. Mais elles font partie, maintenant, des affaires de maman. Elles sont parmi les dernières choses qui l'ont occupée, mise en colère. Elles lui ont permis de m'expliquer un peu la vie et de faire un peu la mère, pourquoi Adrien était plus qu'un menteur, comment c'était un salaud qui se mettait en scène comme une victime. C'est peut-être vrai qu'il a été mal aimé. Et c'est sans doute pour ça qu'il s'aime tellement et qu'il pense que les gens ne pensent qu'à une chose : lui, lui, lui, et encore lui. Toute cette histoire passionnait maman. Elle voulait me sauver, tout reprendre depuis le début, me bercer pour m'endormir. Elle trottait autour de moi, trouvait que je fumais trop, trop vite, trop mal, sans apprécier, sans savourer, moi qui voulais juste que le haschich m'assomme. Je voulais tomber dans les vapes comme la nuit tombe au pôle Nord, pendant longtemps, longues nuits anesthésiées, pour reprendre des forces. Elle allait m'acheter la meilleure herbe du monde chez le meilleur dealeur du monde. Elle ne m'avait jamais vue triste, finalement. Cette bizarre enfance qu'elle m'a donnée ne m'a pas rendue spécialement gaie, ni débrouillarde, mais hypocrite, oui, j'ai pris l'habitude de sourire, souffrir et sourire, être révoltée et sourire, tomber à l'intérieur de moi mais sourire. Ce nouveau chagrin qu'elle me voyait, elle ne savait pas bien quoi en faire. Alors elle me cuisinait du cabillaud et des brocolis qui guérissent la tristesse, elle m'expliquait les vertus des oméga-3, 18, 25, je ne sais plus. Je n'avais pas envie de manger. Elle terminait nos deux assiettes, triste à son tour, mais gourmande, contente de sa recette, parlant sans arrêt, me faisant des théories, me bordant de bavardages.

On ne s'est jamais dit qu'on s'aimait. Ni qu'on se manquait. Toujours des périphrases, des quand est-ce que tu reviens, des il faut que je te raconte, des je t'envoie plein de bisous. Alors là, pareil. Prends une bouchée de purée de brocolis (je t'aime). Bois de l'eau (je t'aime). Je te caresse le dos (moi aussi je t'aime). Merci maman, dors ma chérie, bonne nuit maman (je t'aime, je t'aime, je t'aime). Il nous en a fallu du temps, pour devenir mère et fille. Mais toujours à sa manière, un peu à l'ouest. Et, en même temps, trop civilisée pour dire les choses, dernier petit héritage des Doutreluigne, pas de question frontale, tout à demi-mot, elle s'était juste mis un sac de couchage dans le salon et elle analysait les lettres affreuses que j'avais laissées traîner alors que je pensais les avoir jetées.

*

J'ai revu Adrien par hasard, dans un jardin public, devant les trampolines. Il avait une grosse tête, je n'avais jamais remarqué qu'il avait une tête de cette taille-là, comment ça a pu m'échapper, à l'époque ? à moins que ça grossisse, une tête ? ou que ça implose ? Il prend l'air faussement ému de me voir. Il se mord la lèvre inférieure, genre c'est incroyable, toi ici. Je vois ses lunettes de soleil inutiles, ses mimiques inutiles. C'est ton fils ? il me demande avec un grand et faux sourire. J'ai pas envie de lui dire oui. J'ai pas envie qu'il le voie et qu'il fasse semblant de se pâmer. Paul joue, se retourne et me fait un clin d'œil. Surtout, qu'il ne vienne pas. Surtout, qu'il ne me demande pas qui est ce type à grosse tête. C'est rien mon chéri, je lui dirai, c'est le garçon qui m'a quittée pour la femme de son père à lui, aucun intérêt, c'est cracra, et pourtant je croyais que je l'aimais, quelle idiote, parfois, tu sais, il y a une mort avant la vie, mais c'est pas grave, rien de grave. Heureusement, Paul nous ignore. J'aime pas ce nous. Quel nous ? Quand je pense qu'il y a eu un nous, je me souviens de lui posant pour les photos en signant le registre du mariage, et moi, et moi, si seulement j'avais pu, moi, me tromper de page. J'aimerais bien qu'il s'en aille, qu'il reste pas planté là, à jeter un sort à mon fils. Mais il reste. Il sourit. Il me parle, je ne sais pas de quoi, il passe ses doigts dans une touffe de cheveux gris et noir, il sourit encore. Lui aussi, si ça se trouve, prend des notes mentales, elle a grossi, elle a maigri, cette peau tachée de grossesses, ces rides, ce sourire gingival. Il fait l'ébahi, le candide, le même air qu'il réservait aux adultes quand on ne l'était pas, aimez-moi, plaignez-moi, je suis tout mignon. Est-ce qu'il le fait exprès, de se singer lui-même ? Ou est-ce qu'il aurait tourné gentil, voulant me consoler, regarde ce que je suis devenu, heureusement que je t'ai quittée, je t'ai rendu un fier service, tu te vois avec un guignolo comme moi, lamentable, courant le cacheton ? C'est gentil, je me dis, mais c'est trop, c'est pas la peine ce cinéma, ne te donne pas tant de mal.

Ça y est, il s'en va, il veut me faire la bise, toujours souriant. Arrête de sourire ! C'est pas la peine non plus ! Et je ris, je pars d'un rire nerveux qui déploie ses grandes ailes dans ma poitrine. Avoir voulu mourir pour ce type sans mystère, ça me fait rire. Ça aurait fait rire maman aussi. Il était temps.

*

Le cancer de maman est devenu l'axe de notre vie. Elle vit à mi-temps chez nous, avec Pablo. Au début, j'ai du mal à m'y faire. Je rentre à la fin de la journée. Je suis allée à la piscine, au travail, j'ai vu des amis et je le regrette, je me sens coupable de l'avoir laissée seule et d'être en bonne santé, pas d'analyses à faire, zéro rendez-vous médical, même pas une petite migraine de temps en temps.

Maman a honte, elle aussi. Mais d'être malade et d'avoir des cernes. Elle s'est mis du fond de teint et c'est raté, il est trop foncé, elle a choisi la teinte avant la maladie, c'est la teinte d'une femme qui a rudement bonne mine et sur laquelle les hommes se retournaient, elle a de grandes traînées brique qui lui rayent le front.

Elle s'excuse de ne pas guérir plus vite, de ne pas réussir à faire remonter les plaquettes, elle fait ce qu'il faut pourtant, elle s'applique, bien sage, pas dissipée, consciencieuse, ça ne remonte pas, elle est aussi désolée que quand elle ne s'était pas réveillée pour une séance de photos Saint Laurent ou Pierre d'Alby avec quoi ils comptaient vivre, papa et elle, jusqu'à la fin de l'été.

Aujourd'hui, elle a taillé une frange aux cheveux vrais de sa perruque de luxe. Elle relève brusquement la tête. Elle rit. Il y a toujours un moment où maman vole un rire à la barbe du monde. Comme en classe, chez les sœurs, un épisode de son enfance que racontait Jacqueline dans un de ses rares moments de gentillesse. Un rire innocent et coupable. Un rire puni, sortez mademoiselle, allez donc rire chez la sœur supérieure. Elle a gardé ce rire d'enfant qui n'a pas le droit, ce rire volé au sérieux du monde, ce rire qui passe en douce et qu'elle m'a refilé, mais en moins bien, car moi j'ai un rire moche, un rire tempête, un rire après moi le déluge, un rire disgracieux et qui fait honte à mes enfants.

J'assiste tous les jours à ce rituel des pilules, des mesures, des massages sur la terrible cicatrice qu'elle déteste amoureusement. Elle est tout entière à sa maladie, noyée dans les statistiques, à l'attaque de ses métastases, à tu et à toi avec ses organes, elle semble ne plus savoir celle qu'elle a été, cette femme sublime qu'on se disputait dans les défilés et qui choisissait elle-même ses shootings, ce corps blond et sans tourment, ce port insolent et ce labyrinthe de grâce.

J'essaye de partager sa petite routine, le thé, les vitamines, vérifier la tension, surveiller le taux d'oxygène, palper les ganglions, les transaminases ont-elles baissé ? où en sont l'azote uréique et la créatine ? On suit, ensemble, au jour le jour, la longue route vers la guérison, puis promenade, puis marche rapide qui se termine vite à cause, un peu, de l'essoufflement et, beaucoup, de la bière tiède qui l'attend au premier bistrot venu. C'est du houblon, elle se justifie. Vitamines B, K et Z, vertus insoupçonnées mais vérifiables, c'est le début d'Internet. C'est pour ça qu'on s'arrête de marcher. Parfois on rit tellement qu'on oublie le reste mais la petite alarme sonne sur la montre de maman, c'est l'heure de prendre l'antinausée, le corticostéroïde, ah oui, c'est vrai, le cancer, on avait failli ne plus y penser. Son visage fragile s'anime sous le turban savamment noué, elle farfouille dans son sac, s'emmêle dans ses piluliers, on rit. Une de ses dents provisoires tombe et on rit aussi. Tout nous fait rire. On rit de ces années perdues et retrouvées, on rit de tout ce qu'on n'a pas ri ensemble.

*

On n'a pas bien compris, à l'époque, qu'à l'intérieur de maman les choses grossissent, enflent, se propagent, commencent à mourir pourrir. On s'enthousiasme encore pour un nouveau remède, on peste contre les secrétaires revêches, mais on va docilement et très en avance aux rendez-vous d'IRM, de scanner, d'échographie. Dans les salles d'attente maman discute avec des nouvelles copines sans cheveux, vertus comparées de la gelée royale et du baume de bave d'escargot pour les brûlures de radiothérapie, régime sans sel évidemment, c'est la base, et le gluten n'est pas coupable, faut arrêter avec cette propagande antigluten, maman s'échauffe, maman s'emporte, et le jeûne séquentiel alors, pourquoi on n'enseigne pas le strict respect du jeûne séquentiel ? Parfois elle s'énerve vraiment, elle est au bord d'organiser une manif, de prendre le pouvoir ou de tout casser exprès, l'isabelose la reprend, allez camarades cancéreuses passons au vote, encore un effort pour être de vraies républicaines guéries.

Un jour, en remontant après une cigarette, j'entends un raffut du tonnerre. Maman et ses copines ont échangé leurs cathéters, leurs goutte-à-goutte, leurs perruques blond-rose, brun-violet, jaune tendance vert, toutes ces couleurs qui explosent comme des ballons d'anniversaire dans une fête trompe-la-mort improvisée. Elle devait faire ça à Fleury-Mérogis. Mais là, c'est pas les matonnes qu'elle a en face d'elle, c'est le cancer.

*

Tous les jours, maman prend un peu plus d'assurance et de courage pour contrer l'assaillant. Tous les jours, la maladie progresse. Bientôt maman n'existera plus. Mais, en attendant, maman est plus que jamais maman. Elle qui n'a jamais été d'accord avec rien a enfin trouvé son vrai ennemi, le vrai de vrai, le tangible, le vérifiable et affrontable, plus que le général de Gaulle, plus que la petite et la grande bourgeoisie, plus que les règles chrétiennes rétrogrades, plus que Michel Sardou et le patriarcat. Elle se bat contre le cancer. Elle se bat contre la médecine à deux vitesses, l'allopathie et les pseudosciences. Elle se bat contre la Sécurité sociale qui rembourse rien, la RATP qui l'empêche d'être à l'heure chez l'acupuncteur, l'acupuncteur qui ne supporte pas le moindre retard, les pharmaciennes qui lèvent les yeux au ciel quand elle insiste sur le dosage de l'homéopathie (non, pas 15 CH, c'est du 5 CH que je dois prendre) et les salauds de la Française des Jeux qui ne répondent jamais alors qu'elle a fait un pari et que sa guérison en dépend peut-être.

Elle n'a jamais été aussi occupée. Jamais aussi impliquée. Jamais elle n'a eu autant besoin de moi, de papa, des amis, de se changer les idées, d'aller au théâtre voir Pablo jouer, d'arrêter de fumer, de recommencer, de courir d'un magasin bio à l'autre pour trouver la bonne soupe miso. Elle n'aurait jamais dû acheter cette crème repulpante qui colle, peluche et ne marche pas. Et puis, soudain, c'est l'heure du kiné. Pas moyen d'avoir la paix cinq minutes. Quelle vie ! Auraitelle pu imaginer que, parfois, c'est ce qui vous tue qui vous fait vivre ?

*

Maman a désappris d'être belle et peut-être même que ça la soulage. Fini, la course. Fini, la pression et la peur de vieillir. Fini de se voir dans le regard des hommes, des femmes, de toutes celles et ceux qu'elle a passé sa vie à séduire, sans le vouloir vraiment. Elle s'est faite à sa nouvelle apparence, à sa silhouette à la fois épaissie et exsangue, à ce bras plus dodu que l'autre, à ses petits cheveux gris qui dépassent du foulard, au bourrelet que fait son non-sein. Maman a toujours été impudique. Le sein en moins n'y change rien. Elle choie sa nudité. Elle la masse. Elle la crème. Elle lui parle. Alors, petits pieds tout assoiffés, qu'est-ce que vous dites de cette crème au pétrole ? Allez, vilains poils aux pattes, dites adieu à ce monde cruel. Tu veux voir ma cicatrice, ma chérie (non, je ne veux pas) ? Oui, bien sûr, maman. Et maman me montre avec tendresse cette boursouflure à la place du cœur, cette plaie, cette blessure du malheur, et aussi, tant pis si c'est un peu grandiloquent, de rédemption, de réconciliation avec le désir de vivre. Elle a enfin autre chose à faire que se suicider, se faire du mal, se droguer. Le cancer, pendant deux ans, lui a sauvé la vie.

*

Évidemment, c'était compliqué de croire à l'efficacité de ces traitements qui avaient l'air de lui faire tant de mal. Les cheveux, la peau, les muscles, les globules rouges, tout allait mal. Maman n'a jamais obéi à personne et son cancer n'a pas obéi non plus à la chimio, à la radiothérapie, à l'homéopathie, à rien. Son cancer n'a écouté que lui et a terminé son boulot de cancer, tranquillement, en prenant bien son temps, en faisant mine d'hésiter, de se fatiguer, tu parles, un vrai petit salopard.

En même temps, est-ce qu'une chimio peut vous guérir d'une vie mal barrée, d'une enfance dans la prison des pensionnats, de l'obligation de se laver au gant, sous la robe, sans contact avec le corps, d'un père méchant, d'une mère sorcière, d'un frère fou ? La seule chose qui aurait pu vaincre la mort en elle, la duper, ç'aurait peut-être été de savoir qu'Angèle allait naître, puis Paul, deuxième et troisième chance, merveille absolue, lorsque l'enfant paraît, Claudel, non pas Claudel, maman n'était pas d'accord avec ça non plus, elle disait que le mot était de Verlaine, c'est génial Verlaine, c'est encore mieux que Rimbaud qui lui a tout piqué et s'est tu, comme par hasard, quand ils se sont quittés. Elle aurait voulu être une super grand-mère à défaut d'avoir été une mère, c'est ma faute, j'aurais dû tomber enceinte plus tôt, rencontrer Pablo plus jeune, je me déteste, je m'en veux.

*

Tous les trois mois, avec ou sans l'accord des médecins, on partait quelques jours sur l'île d'Houat, mère et fille, elle la fille, moi la mère. Pour lui faire plaisir, pour qu'elle pense qu'on avait toutes les deux changé en mieux, moi en moins sage, elle en plus raisonnable (on se rapproche, tu vois, on va finir par se rejoindre), je lui faisais croire que j'étais devenue moins bégueule. Je me conduisais mal. J'essayais d'être un peu punk. Je shootais dans une poubelle de rue. Je donnais l'heure à quelqu'un qui me demandait son chemin. J'insultais une mouette, conne conne conne, je criais Vive la Suisse libre par la fenêtre. Maman gloussait. Maman était ravie. Enfin un peu d'insolence, un peu d'indiscipline. On était bien. Il n'y avait plus le cancer. Il n'y avait plus les avant-bras couverts de bleus, les nausées, les fiancés racornis devant leurs bières chez Ahmad, son bistrot, les chèques sans provision que papa devait couvrir, les rendez-vous IRM. Maman ne portait plus sa perruque. On nourrissait les mouettes sous les nuages indécis (resteront ? resteront pas ?). On croyait que maman allait guérir. On fumait. On traînait sur le port. C'était ça la vie, c'était juste ça, pas plus, surtout pas, et ça nous comblait. Maman a vraiment failli être heureuse avant de mourir. Et moi je l'observais, je la dévorais des yeux et des oreilles – j'enquêtais, déjà.

*

Il y a des choses que je voudrais raconter comme si elles ne faisaient pas mal.

Maman, le dernier mois de sa vie, sanglée dans son lit, branchée sur des appareils de plus en plus compliqués, des machines à repousser le temps et la mort, voyez comme on est outillés, évidemment qu'on va gagner, évidemment qu'on va sauver votre maman.

Je me souviens de son visage chaque jour un peu plus pâle, posé comme une chose sur l'oreiller tout frais changé chaque matin, au milieu des pétales des fleurs de Pablo qui retombent sur son visage quand il y a un courant d'air. Ces derniers jours, le front de maman est lisse pour la première fois. Vide, déserté, abandonné par l'inquiétude et la perplexité, comme si maman savait ce qui allait se passer : c'est en voyant son front lisse et, tiens, ce léger sourire, nouveau, à peine esquissé, un sourire venu de très loin, d'avant l'enfance, d'avant la naissance, un sourire venu d'un ciel parallèle, c'est à cet instant que j'ai compris, dans le ventre, dans le cœur et les entrailles, que ma petite Angèle ne connaîtrait jamais sa grand-mère.

Je suis sûre que Maman avait le front déjà froissé à la naissance, barré de trois lignes qui dansaient, trois rides anachroniques qui disaient pas d'accord, je ne suis déjà pas d'accord, je suis sceptique ou comme Juliet Berto, dans *La Chinoise* de Godard qu'elle revoyait en boucle, sur une cassette volée, « Moi, j'me méfie ». Même la nuit, même pendant la sieste, même quand tout avait l'air d'aller bien, elle gardait ce visage tout froncé. Et là, pour la première fois, son front est devenu lisse, comme s'il n'y avait plus d'inquiétude, comme si elle savait ce qui allait se passer et qu'elle avait, avant de mourir, tout compris, comme si elle avait enfin trouvé la vérité des choses. Alors c'est ça, mourir, rien que ça, pas plus que ça ? Vivre c'était déjà pas grand-chose, alors mourir…

Je lui lisais la presse du jour. J'apportais des vieux articles du *Elle* qu'elle avait découpés et rangés dans son agenda. Je chassais les mouches qui patientaient au-dessus du lit. Je cherchais ses yeux qui, parfois, devenaient troubles. Je lui disais qu'il n'est jamais trop tard pour se parler, se dire je t', voilà, je n'arrive même pas à le dire, je t' maman, je t', on restait là des heures, bien occupées, elle à mourir, moi à être enceinte et à essayer de percer son mystère, ensemble.

Je me souviens de la blouse qui se boutonnait dans le dos, des chocolats qu'elle ne mangera jamais et qui finiront par partir, le dernier jour, avec la table de nuit à roulettes. Je me souviens de ses cheveux, toujours en retard d'une information, qui reprenaient vie quand le reste commençait à prendre mort et qui poussaient fins comme un duvet de poussin. Je me souviens des fleurs triomphantes et qui, même fanées, finiront par lui survivre, des médecins qui passent pour vérifier que tout continue de ne pas aller bien, de mon préféré, le tout juste diplômé qui fait des blagues juives auxquelles personne ne rit sauf maman, et qui porte son stéthoscope autour du cou comme une Miss France son écharpe. Il sait tout. Il n'a même pas besoin de réviser en douce le dossier de sa patiente. Il sait quoi, depuis quand, pourquoi, ce qui a raté et ce qu'on pourrait peut-être encore envisager. Et puis le chouchou de maman, le plus beau, elle lui fait les yeux doux, mais sans cils, trop enfoncés dans leurs orbites : elle pose des questions pudiques et impudiques, écoute sagement, émet une objection, fait sa gracieuse, sa coquette, elle n'est pas une patiente difficile.

*

Ça fait plusieurs jours que maman ne tousse plus. C'est inquiétant. Car la toux prouvait la bataille. Maman, soudain, ne tousse plus. Maman ne se révolte plus. Maman, qui s'est toujours battue contre tout, a décidé de ne plus se battre. Et ça ressemble si peu à maman.

Les infirmières entrent maintenant toutes les deux heures, pleines de sourires et des odeurs tristes des malades des chambres voisines. Elles vérifient les données, les constantes, les réflexes. Elles opèrent des ajustements, tapotent le goutte-à-goutte, contrôlent un débit. Et si elles faisaient semblant ? Comme les enfants qui jouent à la dînette ou au docteur ? Comme moi, à Mordelles ? Comment va la petite température, et la petite tension, oh mais dites donc, on est bon pied bon œil ce matin madame Doutreluigne, on va changer l'eau des fleurs tant qu'on y est, les faire durer un peu, comme vous, madame Doutreluigne. Et cette brosse à cheveux… Qui vous a gâtée comme ça ? C'est pas à vous que ça va servir, hein, madame Doutreluigne ?

Certains jours, quand j'arrive et la vois au milieu des tuyaux à oxygène, des pompes à sérum, des électrocardiogrammes qui clignotent dans le silence bruyant des bip bip bip bip il me semble entendre maman murmurer arrêtez tout, je ne veux pas mourir mais je ne veux pas vivre non plus, pas comme ça.

Au temps des pensionnats bretons de son enfance, elle s'évadait, se cachait, était ramenée par les gendarmes, il fallait la gaver de calmants, la cadenasser dans un établissement plus strict, mais elle s'évadait encore, on ne pouvait pas vraiment l'enfermer, alors là, à l'hôpital, pourquoi elle ne s'enfuyait pas ?

Un jour elle a arrêté de parler. À moi, à papa, à Claire, au médecin gentil et au médecin beau, à son sein orphelin, aux objets autour d'elle. Elle fixait le néon laiteux au-dessus de sa tête, peut-être qu'elle le prenait pour le soleil, elle le regardait bien en face. J'écoutais son pouls battre sur l'écran, boum, boum et, de temps en temps, des alarmes qui n'alarmaient plus personne, les infirmières sévères venaient juste les arrêter. À côté de la chambre de maman, les malades mouraient beaucoup. Dans les couloirs, j'avais l'impression que les gens nous regardaient de travers : alors, c'est pour aujourd'hui ou pour demain, quand est-ce qu'ils vont nous libérer la chambre, elle en met du temps à mourir, celle-là, encore une pistonnée de la vie !

Plus personne ne sourit en entrant, personne ne prend plus la peine de faire semblant, plus la peine de dire coucou, madame, vous avez meilleure mine. C'est à moi, maintenant, que les infirmières s'adressent. Et à la petite vie qui pousse, mais elles ne le savent pas, à l'intérieur de moi.

Je ne veux plus lire les comptes-rendus. Je me fous de la courbe des températures. Je ne fais plus gaffe à la tension. Ce n'est pas maman qui est là, avalée dans ce lit électrique. Et n'est pas moi non plus, à côté d'elle, guindée, prostrée, absente. Vous ne voyez pas qu'on est à Houat ? Vous ne voyez pas la mer qui crache ses coquillages, et maman qui les cueille et les mange tout crus ? Et si c'était ça qui lui a empoisonné le foie, les reins, le sang ? Je lui tiens la main. On dirait la main de quelqu'un d'autre, c'est une main froide, trop légère, pleine de bleus, mais toute douce. N'aie pas peur, maman, je suis là, avec cette vie nouvelle qui est en moi, est-ce que ce n'est pas ça, la vraie chimio ? la vraie homéopathie ? Est-ce que ce n'est pas cette promesse qu'il te faut pour dézinguer les métastases ? On retournera chez Ahmad, maman, ensemble, avec Angèle dans un landau. On enverra bouler les fiancés nuls et méchants, dont tu n'arrives pas à te débarrasser. On partira sur l'île d'Houat épouser Yvon le pêcheur, jouer à la belote, tutoyer les mouettes. On ira, avant, s'offrir les chaussures de la rue de Grenelle. Tu te souviens de notre fou rire tellement elles étaient chères ? Figure-toi qu'elles sont en solde. On va envoyer des lettres d'insultes à l'EDF, voler des choses qui ne servent à rien, créer un scandale à la Cinémathèque, faire un grand voyage, manger des tonnes de fruits de mer, choisir des sabots pour Angèle. Tu lui expliqueras la vie, les hommes, les femmes, comment être une enfant rebelle et n'être d'accord avec rien. Trop petite ? Non. Les enfants ne sont jamais trop petits. Pense à tout ce que tu as compris, toi, à Mordelles, le jour où tu as surpris, dans la chambre de ton papa, ta sorcière de maman en train de fouetter les culs nus des deux aristos rennais dont j'ai oublié le nom. Tu vas retrouver tes cheveux. Et un sein encore plus beau qu'avant. Si tu veux, je te donne le mien ? J'ai besoin de toi, maman, tu n'as pas idée comme j'ai besoin de toi.

Mais maman est toute jaune. Toujours ce foie pourri, énorme, devenu fou, qui avale tout autour de lui. Elle a une respiration de locomotive à vapeur comme dans les westerns qu'on regardait parfois le dimanche soir. Son ventre est gonflé. C'est la première fois de la vie que je lui parle comme ça, si longuement, sans être interrompue. Parfois, ses paupières devenues mauves frémissent légèrement, comme deux papillons qui dorment. Je pense à sa petite-fille, à l'intérieur de moi, qui entend et enregistre tout, elle, c'est sûr. Elle prend déjà le pli, ne pas pleurer, ne pas ciller, on va devoir être fortes, toutes les deux. Sans maman.

C'est quand l'infirmière est entrée pour la dernière fois que je me suis rendu compte que je me cramponnais trop fort à la main de maman et qu'elle ne répondait plus du tout. Est-ce à cet instant qu'elle est morte ? Je ne crois pas. C'est plus tard, dans la nuit. Je passais toutes mes journées près d'elle mais elle a préféré attendre que tout le monde soit parti, sauf l'infirmière de garde qui m'a appelée d'une voix ennuyée, genre c'est pas sympa, je suis seule, moi, pas que ça à faire de gérer le dernier caprice de votre mère, on n'a pas idée de mourir avant la relève de 6 heures, faut venir maintenant madame, maintenant.

Je ne me souviens plus bien de ce qui s'est passé ensuite. Ni de qui a fait quoi. Ni de qui a dit quoi. Sortir dans la rue grise, torpeur du matin sous la lumière tordue des réverbères. Pablo, les yeux rougis. Papa, revenu d'urgence, de très loin, comme d'habitude. L'immobilité terrifiante d'Angèle dans mon ventre. Et puis le visage minuscule et anguleux de maman sous le drap, un dernier baiser du soleil qui se lève, la fenêtre qui claque et sa petite âme qui s'envole.

Voilà. J'ai tout reconstitué. Mais ça m'avance à quoi ?

*

Rentrer à la maison. Les klaxons dans la rue derrière le camion-poubelle. L'ascenseur qui grince, comme toujours, au même endroit. La clef qu'il faut forcer un peu dans la serrure. Les chats qui attendent et se frottent contre mes jambes. L'ampoule du plafonnier toujours pas remplacée. Le placard entrebâillé. Maman est morte et rien n'a changé. Est-ce que c'est ça, mourir ? Et vivre ? Et si c'est ça, la vie, alors peut-être que je suis morte, moi aussi ? Je pense à l'enfant que je n'ai pas été et à celle que je vais avoir, qui se réveille soudain et me balance un coup de pied dans le ventre, et m'oblige à reprendre, continuer, en avant, en avant, allez, en avant.

Je ne veux pas entrer dans le bureau qui servait de chambre à maman. Je ne veux pas entrer et ne pas la voir allongée aspirant l'oxygène de sa cigarette, pimpante avec son foulard noué à la gitane. Je ne veux pas voir le désordre de ses livres, des miens qu'elle a pris et qu'elle a griffonnés, de ses affaires déjà recouvertes, après ce mois d'hôpital, d'une poussière veloutée. Quand je finis par entrer, je ne touche à rien, surtout rien, l'empreinte de son corps dans le canapé-lit, les coussins blottis les uns contre les autres, maman est juste sortie cinq minutes, Minou je reviens, son parfum encore dans la pièce, ses chaussons, le cendrier rafistolé, une tasse de thé froid avec un baiser de rouge à lèvres sur le bord, une montre, en avance car maman est toujours en retard, un pot de crème La Prairie, cellular haute réjuvénation, un miroir vide de maman et qui ne reflétera plus jamais le visage de maman, le fatras des médicaments et des vitamines, oméga truc, échinacée, un livre de Murakami ouvert page 117 qui murmure la dernière phrase que maman a lue, le dernier mot, ses deux perruques, ses doses d'homéopathie avec qui elle discutait sans fin : coucou petit Arnica montana, merci gentil Arsenicum album, tous ces remèdes qui n'ont remédié à rien, toutes ces choses dégueulasses qui ne meurent pas, pourquoi maman est morte mais les choses, elles, n'en finissent pas de pas mourir ? tous ces objets qui existent alors que maman n'existe plus. Une lettre de relance de sa banque qui peut toujours attendre et que, comme faisait maman, j'engueule avant de la déchirer en mille morceaux. Toutes ces choses qui continuent, elles aussi, d'attendre maman. Je m'allonge sur le canapé-lit, en prenant garde de ne pas abîmer l'empreinte du corps de maman. Peut-être qu'elle va se solidifier comme les coquillages dans la roche, ou les insectes dans l'ambre ? Je m'enroule dans son plaid, je m'installe pour sa dernière sieste, une sieste triste et une sieste de rage qui n'est pas la mienne, je suis tout emmaillotée de maman et du parfum de maman, je me dilue, je me fonds, je me dissous dans l'ombre de maman. Maman n'est pas morte. Maman n'est pas morte. Qu'est-ce que c'est que cette histoire de mort ? La mort n'existe pas. Maman tu es là ? maman tu reviens quand ? Maman ne répond pas, maman a laissé sa place dans le monde aux autres, les vraiment occupés, les vraiment sérieux, les vraiment faits pour vivre, et je n'ai plus que ma bouche plâtreuse, et un précipice devant moi.

*

Et puis, très vite, les papiers à remplir, les contrats de téléphone à résilier, les démarches en tous sens, le notaire, merci de nous avoir confié votre dossier, les pompes funèbres, promotion sur les marbres, dépôt gracieux d'une fleur lors des fêtes de la Toussaint, jusqu'à 5 % de remise sur la facture de nettoyage de la tombe. C'est comme une naissance à l'envers. Les mêmes coups de fil. Ma fille est née, maman est morte. Choisir un prêtre, ah bon tu crois ? Trouver un pédiatre et trouver un croque-mort. Tu as fait sa valise ? Quelle couleur pour le marbre, et quelle taille la turbulette ? Quelle place dans quel cimetière, tu as réservé pour la crèche ? Qui va garder le chat ? Et la mairie, les papiers, les visites, tu as rempli le formulaire B12, tu as prévenu les cousins, tu as fait provision de tisane tilleul-camomille ? et d'un tire-lait ? un quoi ? non finalement du lait en poudre et un biberon sans résidu de plastique et une boîte de Xanax, ça ira, merci la vie, pas de pause, pas de pouce, interdit de souffler, accélérations brutales. Angèle, minuscule et sérieuse dans son berceau de plexiglas, agite ses petits bras vers le ciel, ou vers maman, ou autre chose, adieu, bonjour, un plein pour un vide, une vie contre une autre, un chagrin sans fond contre un bonheur immense, et c'est elle, Angèle, avec son profil encore imprécis, puis Paul, qui auront besoin de moi.

Partout, dans la rue, les jours suivants, le trot inadmissible de la vie qui continue. Partout des gens superflus et regorgeant de santé qui ne sont pas maman, les étudiants qui pouffent à l'arrêt de bus, le clochard sourd et muet au coin du Monoprix à qui maman avait donné toutes nos décorations de Noël, les gens qui font signer des pétitions pour ou contre la transition de genre, les mêmes vivants que d'habitude sauf que maintenant je les déteste tous, et ce rayon de soleil étincelant et gai qui me nargue, un salopard lui aussi avec ces façons de se lever tous les jours, fringant, optimiste, doute de rien.

Je passe les trois mois suivants à en vouloir au monde de survivre à maman. Et à moi évidemment. À moi d'abord et comme il se doit.

*

J'ai toujours eu des raisons de m'inquiéter pour maman et ces raisons guidaient ma vie : veiller sur elle, l'empêcher de se faire du mal, l'aimer bien sûr, la sauver peut-être. Il n'y a pas un jour où je n'ai pas eu peur du malheur de maman. J'avais peur qu'elle pleure. J'avais peur de la drogue et, plus tard, de la prison. Maman à Fleury-Mérogis, sans ceinture, sans foulard, sans lacets sûrement, mais elle s'en foutait, elle ne portait jamais de baskets. Maman sans moi, sans avoir le droit, la première année, de me dire où elle était. Maman dans sa cellule moisie, plus moisie encore qu'au pensionnat. Maman a tout vécu. Mais la mort, non. Je n'avais jamais pensé qu'elle mourrait.

Maman n'était pas morte quand l'hôpital a appelé en pleine nuit, ni quand Pablo m'a aidé à remplir les papiers, date et heure de décès, ni quand on a choisi le marbre avec papa. Pas morte, non. Pas possible. Même quand on a cherché le prêtre, et qu'on a rédigé l'encart pour le journal, maman n'était toujours pas morte, une fille comme elle ne pouvait pas mourir et, d'ailleurs, elle allait devenir grand-mère.

*

J'ai couru après maman toute ma vie, toute sa vie, je l'ai cherchée partout, tout le temps, j'en ai fait des livres, toujours les mêmes, et maintenant, c'est en moi qu'elle se cache et en moi qu'elle surgit. Maman est une douleur physique qui, parfois, me terrasse. Un tambour dans ma tête. Des coups dans mon ventre alors qu'Angèle et Paul sont nés depuis longtemps. Il y a tant de manières de pleurer à l'envers. C'est long. C'est sans fin. Parfois la douleur s'arrête.

Je crois que je suis sauvée. Heureusement, je me dis, que je n'ai pas cédé au j'en peux plus, au c'est trop, au je prends tous les ibuprofènes d'un coup, et hop, salut la compagnie. Et puis, une semaine après, au supermarché, dans le métro, dans mon lit, la douleur revient et me prend en tenaille.

Mais, aujourd'hui, me vient une idée terrible. Peut-être que c'est la même douleur qui maintenait maman allongée tout le week-end, clope à la main, le visage tourné vers la fenêtre, vers le ciel, ou vers rien. Maman, on sort ? On va se promener ? Maman ne répondait pas. Maman, tu pleures ? Maman ne répondait toujours pas. Peut-être le voulait-elle, répondre, mais une autre Isabel, plus forte qu'elle, celle qui lui a coupé son L, l'en empêchait, l'obligeait à rester là, immobile, à attendre la fin du manque.

À l'époque je ne comprenais pas. C'est pas sorcier je me disais, c'est pas compliqué de se lever, les vaches se lèvent, les poules se lèvent, et les étoiles, et le soleil même si on dirait parfois qu'il a la flemme, et les chats. Alors pourquoi toi, maman, tu ne te lèves pas ? Mais à présent je connais. Maintenant que je suis plus vieille qu'elle et qu'elle est morte, je suis parfois, des jours entiers, terrassée à mon tour par moi-même, incapable de me lever. Elle morte sous la terre, avec son cancer qui doit continuer son sale petit travail, il ira jusqu'au bout, jusqu'à la poussière et même après, jusqu'au centre du monde. Et moi, comme morte sur mon lit, pas parler, pas bouger, même pas pipi, on peut tenir plusieurs jours quand on ne boit pas, et même jusqu'à la cystite, il suffit d'attendre la maladie qui, enfin, vous délivre. Eh oui. C'est comme ça. Quand la douleur passe de la tête au corps, c'est bon, c'est la fin, c'est des microbes, des virus, ça se gère, ça se partage !

Les gens sont gentils, ils adorent quand vous êtes malade. Ils veulent aider, donner des conseils, vous refiler l'adresse de leur dentiste, j'ai le meilleur ostéo de Paris, appelle cet ORL de ma part tu vas voir c'est un magicien. Même si leur vie est un désastre (la vie de tout le monde est un désastre), leurs dents des pépins de citron et leur dos une compote, ils veulent être utiles et recommandent leur ORL. Je le sais, je suis comme ça. Chacun est triste comme il peut.

La petite tête des enfants par la porte entrebâillée. Maman ça va ? tu es malade ? Oui, oui, je suis malade, donc ça va. Ça les rassure, c'est juste une maladie. Si maman ne se lève pas, c'est pas parce qu'elle est triste, c'est parce qu'elle a un rhume, ou autre chose, on va appeler un docteur, c'est pas grave. Voilà. Un rhume. Au pire une grippe. Rien à voir avec mon enquête sur maman.

Peut-être maman, elle aussi, est devenue très malade pour arrêter d'être très triste ?

*

J'ai retrouvé ses carnets. Ils étaient dans une valise où elle avait entassé des choses auxquelles elle tenait un peu. C'est un grand agenda noir Quo Vadis, planning. Elle y a consigné son quotidien, café, galères de boulot, amants minables : pour quoi faire, pourquoi vivre deux fois cette vie absurde ? Son écriture, sur la page de garde, me foudroie. Et son dernier numéro de téléphone, entouré en rouge. Et ses notes, pas toutes lisibles, parfois des pâtés dans les marges. Je referme.

*

Il fait beau ce matin. Pablo est en tournage. Les enfants chez des copains. J'ouvre quand même. Je dois ouvrir. C'est maman de la dernière période. Après papa. Après Violaine. Après le temps des yeux aux reflets d'or, des pommettes hautes et obstinées, des épaules de champagne et de la beauté altière. Et juste avant le cancer. Elle habite dans l'appartement que papa a pris pour elle à Montmartre. Elle dépense tout l'argent qu'il lui donne pour offrir la tournée aux copains du café Ahmad, alias Grand Hôtel de Clermont. Papa ne s'en doute pas. Il ne le saura que le jour de son enterrement quand, au moment des condoléances, une vingtaine d'éclopés viendront lui dire merci. Merci de quoi ? il me demande, à l'oreille. Merci de les avoir rincés, tous, pendant des années. On a beaucoup ri. On en rit encore. Voilà. Extraits.

Lundi 12. Justine m'appelle à 1 h. Bain de douceur. Nuit chez Loulou. Nouveau lit, enfin.

Mercredi 14. Jacqueline débarque sans prévenir. Elle prend mon lit, je dors par terre. Réveil tardif. Ménage. Soirée Éric, Rachel, François. Discussion révolte, chômeurs, sans-papiers.

Jeudi 15. Aucune envie qu'on soit jeudi. Ça ne sert à rien un jeudi.

Mardi 20. Alors que je suis en train de m'habiller, Loulou m'empoigne et me jette dehors parce que pas d'accord avec moi sur faut-il se réinscrire ou pas à l'ANPE.

Mercredi 28. Règles. Feuille d'heures, ANPE, médecin, chat, Justine.

1er février. Mode d'emploi téléphone : bouton vert à gauche, puis bouton en bas = ça s'allume. Entrée Pin, code 1312. OK en haut à droite : recherche. Attendre. Si messages : OK. Fin : toujours OK.

3 février. Chauffage coupé. Règles depuis trois semaines. Tuez-moi.

Lundi 22 mars. Comprimés de 0,4 mg, 2 mg, 8 mg. Un comprimé de 8 mg égale quatre comprimés de 2 mg. Un comprimé de 2 mg égale cinq comprimés de 0,4 mg. Un comprimé de 8 mg égale 20 comprimés de 0,4 mg.

Jeudi 2 avril. Loulou hurle sous mes fenêtres à 22 h 30, soi-disant pour se dégourdir la voix. Je peux te parler ? Je n'aimerais mieux pas. Et j'aimerais mieux plus jamais. Je referme la fenêtre. Il a hurlé jusqu'à l'arrivée des flics.

5 avril. Banque de France, service d'information sur les opérations et les pratiques bancaires, 39, Petits-Champs, 1er.

29 avril. Extension du domaine de la lutte. Bernard m'appelle chez Ahmad. Rendez-vous avec Justine à 19 h chez elle. Me donne argent de Bernard. Verre avec Pascal, Loulou, Éric, Rachel. Deux bouteilles de whisky dont un JB 12 ans d'âge, une de vodka, une demie de gin, une bouteille de vin blanc, une de vin rouge, vingt bières.

Samedi 2 mai. Attente de Justine. En vain. Petit message tattoo. Tarot Ahmad. Seule et lourde. Soirée bouquin.

Mercredi 6. Tout corps plongé dans l'eau subit une poussée verticale vers le haut égale au poids du volume de liquide déplacé.

Jeudi 7 mai. « Si jamais l'un de nous meurt, je m'installe à l'hôtel. »

9 mai. Me fait piquer mes fringues au lavomatic. Les retrouve dans la poubelle en bas de la rue. Mi-navrée, mi-enchantée.

Jeudi 21. Justine m'appelle en sortant du poste : tenté de voler des vêtements pour moi au Bon Marché. S'y est tellement mal prise que ça les a fait rire. Furax et vexée.

Samedi 6. Les Origines du totalitarisme, *Hannah Arendt, Points Seuil. Pas d'accord.*

Mercredi 10. Procès Loulou.

Jeudi 11. Loulou, réveil 13 heures. Déjà agressif. Sieste après-midi. Sa mamie me jette : à cause de vous, je vais devoir allumer le chauffage.

Lundi 15. Me fais braquer en face du Saint-Jean. Distributeur, 100 francs. Je pleure : ils auraient pu me les demander sans violence.

Réveil 7 heures. Lettre Bernard. Proposition travail Jeune Afrique. *Éric me doit 200 francs. Téléphone coupé.*

1er juillet. 10 heures : arrachage molaire bas gauche.

2 juillet. 10 heures. Arrachage molaire haut gauche.

3 juillet. Colmatage canine bas et haut droite.

12 juillet. Pourquoi les lundis sont toujours si longs. Et les mardis, les mercredis, les jeudis, les dredis, les didi, les jours, la vie.

5 août. Dentiste

6 août. Dentiste

7 août. Dentiste

8 août. Dentiste

10 août. Dentiste annulé : énorme malaise. Tel maman : bilan hormonal, mammographie, radiographie pelvienne, ordonnance Di-Antalvic.

15 août. Justine est passée à l'improviste. Je ne pouvais pas ouvrir. Elle sentait que j'étais là, a tambouriné vingt minutes.

18 août. Rendez-vous Bernard et Justine café Saint-Germain. Don de sang : 0801 150 150 – annulé. Dîner chez Justine, je la regarde manger, j'ai trop mal.

19 août. Départ Justine Tunisie. Garder chats.

7 septembre. Dentiste. Grattage à l'acide du bas. Règles. Refus tramadol.

25 septembre. Dentiste. Je pique douze ampoules de lidocaïne pour Pierre et trois pour moi.

26 septembre. Dentiste. Call Bernard. Engueulade. Je nie puis je pleure.

2 octobre. Vérifier deuxième personne pluriel du subjonctif de vouloir quitter.

Dimanche 2. Pourquoi s'inquiéter pour quelqu'un ? C'est toujours ou trop tôt ou trop tard.

Mardi 4. Je ne suis pas stratège, je ne suis pas à vendre, je n'ai aucune prise sur la réalité, la réalité n'a aucune prise sur moi.

Lundi : piqûre.

Mercredi : piqûre.

9 septembre. Déjeuner Justine Twickenham. Commissariat avenue du Maine. Pessoa, Le Livre de l'intranquillité, *Bourgois.*

3 octobre. Bernard coursier. Pina Bausch. Jour d'amour avec Pierre et ce jour ne se renouvellera plus jamais.

25 octobre. Conférence Bernard et déjeuner maman. Yeux bouffis.

Mardi 1er novembre. Je ne veux plus de flics chez moi.

Jeudi 2 novembre. Jean a disparu depuis deux jours. Justine appelle. Bernard appelle.

5 novembre. Le Martyre de Saint-Sébastien, *Bobigny, mise en scène Robert Wilson. Proposition travail voyance par téléphone 69 43 00 13. Bernard, Hôtel Raphael, 17, avenue Kléber.*

8 novembre. Message de maman : Jean est revenu. Terrible call de Damien : Yannick s'est pendu.

Samedi 26 novembre. Gérard, visage tuméfié et saoul comme un cochon, nous vire comme des malpropres alors que c'est lui qui nous avait demandé de passer pour qu'on lui donne une avance sur le partage d'appart. Il ne manque pas d'air. Le dernier emprunt à Bernard était pour lui.

28 novembre. Téléphone coupé, ligne suspendue sans préavis.

30 novembre. Arrivée maman, nouveaux médicaments, me plaisent pas, maman mécontente.

Mercredi 7 décembre. Voyante : vous avez un an à vivre.

Mardi 13. Le manque de bière donne soif de vivre.

Samedi 24 décembre. Call Bernard. Installation. Facture. Monsieur Benjamin. Hôtel Raphael. Club Affaires.

Jeudi 5 janvier. Coups de pied dans la porte. Police, ouvrez. Flic : étonnamment gentil, me regarde avec stupeur. (S'attendait à quoi ?) Nescafé.

Mercredi 11 janvier. Nuit horrible horrible, Pierre me bourre de coups.

12 janvier. Pierre, 20 heures à la maison. Dès que j'ai le dos tourné, il se prépare tranquillement le dernier Nescafé qui reste. Là je trouve son égoïsme véritablement ignoble. Je le lui dis. Il me crache au visage, me pique tous mes négatifs : Bernard, les Indes, Justine, et les grands négatifs couleur six sur six. Je hurle. Puis je ravale ma rage. Il ne reste plus que quelques mètres à parcourir.

Lundi 16 janvier. Le chagrin ça donne la grippe.

Mercredi 17 janvier. Paquet devant ma porte : crèmes La Prairie, Justine. Vol ?

Dimanche 22. Je m'enferme à clé. Voir personne.

Mercredi 24 janvier. Enveloppe matelassée. 17 heures. Bernard.

Lundi 6 février. Commissariat.

7 février. Coup de fil de Bernard. Une demi-heure. J'ai l'impression d'un interrogatoire de police.

Mercredi 22 février. Twick Bernard et Justine.

Jeudi 23. Journée des Femmes, Sorbonne.

Jeudi 2 mars. Bernard OK pour chèque 15 000 Fr.

15 mars. Come-back de Pierre 19 h 30, me tire mes clés : flics plus voisin.

Vendredi 17 mars. Métro Pernety. Cuir plus jupe plus jean jupe plus jean pull vert.

Lundi 27 mars. Journée d'amour Pierre.

Vendredi 7 avril. Avec les compliments de l'auteur, *Arthur Hiller. Contrairement à ce qu'on pourrait penser c'est dans la marine qu'on trouve le plus grand nombre de marins.*

*

Il y a quelques semaines, j'ai voulu me libérer de maman. J'en avais marre de faire l'enquêtrice. J'ai vu des médecins. Pris un nombre considérable de médicaments et de potions magiques. Pour la première fois de ma vie j'étais vraiment fatiguée, épuisée, toute maigre, en train de dépérir lentement moi aussi. Alors, cure de sommeil. Clinique enchantée. Mensonges aux enfants avec Pablo (maman part en voyage d'affaires). C'est très commun, ce que vous avez. On va vous guérir sans problème. On a une nouvelle gamme d'électrochocs. Des chocs, oui, mais très doux, vous allez voir. Un matin, je me suis levée, habillée, brossé les dents et me suis enfuie.

Alors, j'ai essayé les coupeurs de feu par téléphone. Ça a marché moyen. On envoie une photo de soi par texto et le type, à l'autre bout de la France, vous coupe le feu. On en essaye un. Un autre. Mais moi, le troisième m'a envoyé, par retour de texto, un émoji mort de rire.

On m'a aussi parlé d'un magicien qui aurait désenvoûté Hervé Guibert. J'étais très intimidée. Il a retroussé ses manches et m'a dit : nous allons décapiter énucléer déraciner le mal. Quand il m'a demandé de m'allonger et de penser très fort à un volcan en éruption, ça allait. Quand il s'est mis à agiter, au-dessus de mon ventre, un pendule qui me faisait gargouiller et me déconcentrait du volcan, puis quand il s'est mis à faire, lui aussi, de drôles de bruits mous avec sa bouche, je me suis dit que j'avais un peu froid. Il m'a demandé quel était le premier mot qui me passait par la tête. Maman, j'ai dit. Plus fort ! Maman, maman ! Plus fort ! Maman maman maman ! Le type s'est mis à rire, à applaudir. Et quand il a fallu que je me redresse pour mieux crier, il s'est mis à califourchon sur moi et a entrepris de me masser les seins par-dessus mon T-shirt. J'ai laissé les deux cent cinquante euros prévus sur le bureau et j'ai couru très vite.

Aujourd'hui, je suis dans le même état. Je n'aurais pas dû lire l'agenda. Ni le recopier.

*

Hier soir, j'ai dîné en tête à tête avec papa. Il commençait à trouver suspectes mes soi-disant obligations, la fête-surprise de ma meilleure amie, ce rendez-vous nocturne parents-professeurs, le concert de Lana Del Rey auquel j'ai promis d'accompagner Paul, chance inouïe d'avoir des places tu te rends compte, un devoir sur table demain que j'ai promis à Angèle de préparer avec elle, un dîner *Comte de Monte-Cristo* pour Pablo.

Je ne veux jamais que papa sache quand je ne vais pas bien. Je ne veux pas qu'il sache pour cette absence étouffante et gigantesque de maman qui n'en finit plus d'être morte. Je ne veux pas qu'il sente mes gestes engourdis, mes pensées minimales, ma vie au ralenti, vivre le moins possible pour avoir le moins mal possible, ne pas se réconcilier avec le monde, chagrin et colère, rêves lourds, fantôme de maman partout, sentiment de vivre pour rien, ou pour deux, et d'y arriver encore moins. Je ne veux pas lui dire non plus la vie de maman nouée à la mienne, vivre à sa place, vieillir à sa place, est-ce elle qui m'étrangle, corde au cou lancée depuis le ciel ? ou moi qui ai, au lasso, pris une étoile et la tire avec moi partout ?

Papa a tellement tout fait pour moi. Est-ce qu'il y a quelque chose qu'il n'a pas fait ? pas tenté ? est-ce qu'il mérite ce bébé de cinquante ans qui ne va jamais bien, qui s'effondre pour un rien et qui doit, en plus, lui rappeler la douleur de maman ? Est-ce qu'il ne va pas me dire : tu n'as plus de mère, ma chérie, OK. Tu n'es pas la seule, on est quelques centaines de millions, sur la Terre, dans le même cas, les autres n'en font pas une telle histoire… ? Mais là, je dois. Il faut que je l'interroge. Il n'y a que lui qui puisse me dire. On n'est plus que tous les deux, papa et moi, à bien connaître maman. Alors il faut qu'il me dise. Mais quoi ?

Je n'arrive pas à m'expliquer. Leur rencontre, bien sûr. Leur séparation, ce soir de réveillon, rue Saint-André-des-Arts, au restaurant Le Zinzin. Leur vie. La bohème. Les premières bêtises. Les plus graves. S'il sentait qu'elle pouvait finir en prison, et lui avec elle. Je n'ai que des souvenirs tronqués, des souvenirs de souvenirs, ça ne me suffit plus. C'est vrai qu'elle et sa bande de copains s'étaient endormis dans le salon de la maison, près de Meaux, qu'ils avaient décidé de cambrioler ? à cause des grands crus, sifflés entre deux chargements de meubles dans la Volkswagen ? et c'était là aussi, l'histoire du vrai-faux serrurier qui avait mal dupliqué la clé, à un millimètre près, et du coup ils ont dû enfoncer la porte ? ou ça, c'était avant ? le casse raté de

Turlututu, avec sa cave comme une caverne d'Ali Baba où le faux serrurier, quand les propriétaires l'avaient appelé pour refaire des vraies clefs, avait cru voir une montagne de cuissardes ? et est-ce que lui, papa, était sur ce coup-là ? et quel effet ça fait quand, une fois que la porte a cédé, on s'aperçoit que c'étaient pas des cuissardes mais des jambes de mannequins de cire ? et quand on entend, dans la rue, les sirènes de la police que les voisins, ou la concierge, ont appelée ? et le procès du casse d'Ermenonville ? est-ce qu'il a assisté au procès ? et pourquoi je ne sais pas tout ça ? pourquoi je n'ai que des fragments ? pourquoi tu m'as laissé si peu de souvenirs, et tellement de mensonges, maman ?

Raconte, papa. Raconte, s'il te plaît. Raconte-moi l'avocat magnifique, Thierry L., dont tu m'as toujours dit en riant qu'il aimait vous sauver de la peine de mort pour un vol de bicyclette. Est-ce qu'il a réellement plaidé, pour maman, l'extravagance et le geste surréaliste élémentaire ? Il faudrait que je demande tout ça d'un ton léger, en riant. Il me répondrait, maintenant, forcément. Mais j'ai peur de m'effondrer, de trébucher sur des larmes idiotes, de gâcher le dîner. Et aussi, papa, tes visites à Fleury-Mérogis, vous étiez séparés mais tu venais la voir tout le temps, non ? tous les combien ? Toutes les semaines ?

Tous les mois ? Dans sa cellule ? au parloir ? et vous parliez de quoi ? combien de femmes dans la cellule ? et comment elle prenait ça, maman, ce tourbillon d'horaires, d'obligations, d'interdictions, retour à la case pensionnat de son enfance ? Et qu'a voulu dire François quand il m'a lancé, un jour, en éclatant de rire, que ça lui avait donné une idée du paradis ? Et comment tu t'es débrouillé pour la faire sortir tous les week-ends, menottes aux poignets, pour qu'elle vienne passer la journée avec moi ? et comment tu as fait pour la convaincre, et Poupouille alors, je ne vais pas laisser Poupouille, pas de traitement de faveur, pas question, sororité, solidarité ? et comment vous avez fait pour me mentir si bien, pour que je sache sans savoir, que je sente sans sentir ? Quand on me demandait, ces deux années-là, ce que je voulais comme cadeau pour mon anniversaire, je répondais maman. Tu veux un cadeau de ta maman ? non, je veux maman.

Et puis quand a-t-elle cessé de poser comme mannequin ? Et si elle aimait vraiment les femmes ou si c'est juste parce que vous vous êtes quittés et qu'elle était inconsolable ? Bref, qu'est-ce qu'elle avait, maman, pourquoi elle était comme ça, je voudrais que tu me racontes cette femme-là que j'ai, moi, si peu connue, et qui n'existe plus.

Pourquoi ta mère était comme ça ? Il répète toujours les questions, renversé sur sa chaise, le regard au loin, quand elles demandent réflexion, ou une réponse argumentée, ou qu'il sent qu'il marche sur des œufs. Je ne lui ai même pas demandé comment il allait, lui. Je sais qu'il me dirait tout va bien, comme mon frère, ça va, ça va, même quand c'est pas tout à fait vrai, lui et mon frère vont toujours bien. Mon tour de me balancer sur ma chaise car, même si j'ai étalé un blush idiot sur mes joues, presque fluo, pour avoir bonne mine et ne pas l'inquiéter, je suis en train de me rappeler, c'est le pompon, que j'ai un petit Covid et j'essaye, en douce, de m'écarter un peu.

Je sais bien que papa me dirait qu'il s'en fout, qu'il ne croit pas aux maladies, que les maladies c'est pour ceux qui vont déjà mal et, soudain, leur mal a un nom et ils sont rassurés. Mais j'ai tout de même perdu le goût et l'odorat et je ne voudrais pas le lui coller.

Pourquoi ta mère était comme ça ? il répète, en s'inquiétant que je ne touche pas à mon assiette. Peut-être qu'il a raison, dans le fond. Peut-être que je n'ai pas le Covid, que la puissance de mon esprit ronchon a juste orienté le résultat du test. Et je décide de forcer sur la moutarde de mon steak tartare, pour me faire un électrochoc et que le goût revienne.

J'ai une idée, dit-il. Pourquoi tu n'interrogerais pas Christophe ? Qui ? Ton oncle Christophe. Il est toujours dans son asile, non ? Depuis au moins cinquante ans ? Mais la folie, ça ne veut rien dire. C'est la même maladie qu'Antonin Artaud et ça n'empêche pas de réfléchir. Lui sait tout. Lui a tout vu. C'est pas que je veuille me défausser. Mais tout ce que je pourrais te dire, tu le sais déjà. Et lui sait le reste.

Je suis un peu déçue, bien sûr, par ce qui est quand même une petite défausse. Mais je dis OK, Christophe, le frère de maman. J'ai de vagues souvenirs. Le flash d'une permission de sortie (non de la prison, mais de l'asile). Un tour aux Galeries Lafayette, sa démarche mécanique, sa pâleur, ses yeux d'huître, maman voulait lui offrir une doudoune pour la promenade obligatoire dans le jardin de l'hôpital, elle faisait le clown dans les rayons, petites grimaces, petites farces, mais lui marchait comme un robot, sans rien voir de son manège. L'enterrement de maman. Il a fait l'effort de venir, cramponné à une pochette en carton à rabat que le croque-mort, en passant, fera tomber d'un mauvais coup de coude : des pages manuscrites éparpillées partout, dans la boue, dans le vent, peut-être un discours qu'il avait préparé ? peut-être la boîte aux secrets que je cherche ? Je ne l'ai plus revu depuis. Il y a vingt ans, donc. Est-il toujours dans la même maison ? Reçoit-il des visites ? Ses parents sont morts, sa sœur est morte, ses petits frères, Charles-Antoine et Roch, se sont enfuis au Canada ou à Pétaouchnock, le plus loin possible de leur famille dingo. Mais c'est sûr, papa a raison, c'est évidemment Christophe qui détient une partie du mystère de tout ça, du malheur de maman, du sien, et peut-être du mien.

On décide d'appeler. Mais est-ce qu'un coup de fil sorti de nulle part ne va pas le tuer ? Ma question, et ma grimace, font rire papa. J'aime le voir rire. Je voudrais que le monde entier sache qu'il est drôle, qu'il aime les glaces à la pistache, qu'il lui arrive d'être léger et même tordant. On cherche sur Google les hôpitaux psychiatriques de la région de Rennes. Bonjour, je suis le beau-frère de quelqu'un qui est peut-être dans votre établissement, le beau-frère, il répète en haussant la voix parce que la standardiste n'entend pas, qu'on est dans un restaurant et que les gens autour font beaucoup de bruit. Au bout d'un quart d'heure on a trouvé, on nous met en attente, papa cligne des yeux pour me dire que tout va bien, tout est sous contrôle. Allô ? L'attente dure encore. Je mange la moutarde à même le pot, à petites cuillerées, mais j'ai oublié de cracher mon chewing-gum, je l'avale, et voilà, j'ai le hoquet, papa déteste tout ce qui est organique, je sens que je vais vomir, la totale, mais non, ça va mieux, je réprime mon hoquet avec la technique des doigts qui se chevauchent.

Toujours en ligne, papa commande un dessert, une glace pistache, qu'est-ce que je disais ? Il pose le téléphone sur la table, en haut-parleur. Ils doivent chercher mon oncle Christophe dans tout l'hôpital, le jardin, la salle de télévision, et puis à la fin du deuxième dessert (glace au nougat) papa répond : ah bon ? Il dort ? Bon. Pourriez-vous lui dire de me rappeler ? Je suis son beau-frère. Il répète : son beau-frère et voici mon numéro.

On est déçus. On ne dit rien. Une autre cuillère de moutarde, tiens, ça pique maintenant, ça brûle, c'est délicieusement dégueulasse, je sens que je vais pleurer, non, pas pleurer, pas pleurer, je me suis maquillée exprès pour parer à toute tentative de pleurer. Qu'est-ce que tu as ma chérie ? Rien, papa. J'ai juste retrouvé le goût. Le goût ? Tu l'avais perdu ? Tu as le... ? Non, papa, non, le goût de manger, le goût de chercher maman là où elle se cache, le goût de comprendre, je respire déjà mieux. Il me regarde, soupçonneux. Sourit.

Me prend la main. C'est vrai que ça va mieux. Le vôtre je ne sais pas, mais moi c'est un magicien, mon père.

*

Christophe est la preuve (à peine) vivante que le temps passe beaucoup trop vite quand on abdique. Il a dû se réveiller, un jour, d'une de ses siestes et il était vieux, les gens s'étaient mis à l'appeler monsieur, ses dents à se déchausser, ses cheveux à se calvitier, le monde entier était plus jeune que lui.

C'est l'heure de la promenade. Il fait le tour de la cour, en pantoufles, hochant la tête vers quelqu'un qui n'est pas là, se donnant la main à lui-même derrière le dos, petits pas, peau tirée sur les os saillants des pommettes, gris, parcheminé de poussière. L'infirmière d'étage me dit qu'il vaut mieux ne pas l'interrompre pendant sa ronde, que je peux, si je veux, continuer de l'observer depuis la fenêtre mais qu'il faut attendre qu'il remonte. Je vais à la cafétéria. Je lis le journal local qui traîne sur la table. Un livre que m'a donné Pablo, « contre la peinture rétinienne ». J'ai envie de partir en courant. J'hésite. Cette maison de santé (santé ? laissez-moi rire) est sinistre.

Quand je remonte et que l'infirmière frappe à la porte, aucune voix ne dit d'entrer ou alors si faiblement qu'on n'entend pas. On entre quand même. Il est assis devant la fenêtre, enroulé dans un plaid. Il y a un ficus moribond dans un coin. Un rayon de soleil pâle sur ses mains tavelées posées à plat sur les genoux. Ses cheveux sont chétifs, vieux blond. Ses branches de lunettes ont été réparées avec des pansements entortillés. Il me regarde vaguement, les yeux rétrécis par ses gros verres de myope, les mêmes yeux d'aquarelle que maman, mais voilés comme du papier-calque, presque vitreux. Il a un claquement de langue bizarre quand la dame fait le geste de s'en aller. Allez, elle dit, je m'éclipse, je vous laisse une minute avec votre gentille nièce. Il ferme les yeux.

Tu vois qui je suis, Christophe ? On ne se connaît pas, finalement. On s'est vus quoi ? Deux fois ? Trois ? Je suis la fille d'Isabelle ta sœur, d'accord ? Elle est pas mal, ta chambre, plutôt vaste. Tu donnes sur quoi ? Le jardin ? Ah, c'est génial de voir les saisons. Il me regarde. Il a l'air outré que je sois là, ou que je sois la fille d'Isabelle, ou peut-être qu'il est juste furieux du temps qui passe, des années qui coulent, tièdes, pour quoi faire, vie pour rien. Je revois sa chambre d'ado, à Mordelles. Des livres. Un tissu écossais au mur.

Je sais que déjà, il ne sortait plus. Il n'est sorti que quand sa mère est partie. Elle a quitté son père, mon grand-père, et il est parti avec elle, le même appartement, le même lit, le lit de sa mère, et puis elle est morte, et il est venu ici, dans cette clinique, et n'en est plus ressorti non plus.

Peut-être qu'il n'y a plus personne d'autre au monde, pour lui, que l'infirmière qui est revenue et le nourrit à la cuillère, un peu impatiemment c'est vrai, faut faire un effort, monsieur Doutreluigne, ouvrez la bouche, je crois que là vous y mettez de la mauvaise volonté, monsieur Doutreluigne. Et demain matin une autre dame, un peu brusque, le nettoiera à l'éponge. Ça, il n'aime pas, dit l'infirmière, à voix très haute, comme s'il n'était pas là, il a toujours froid, il claque des dents. Où est ma doudoune, il s'écrie. Quelle doudoune ? on lui demande. Et le manuscrit. Quel manuscrit ? Et ma sœur. Quelle sœur, quelle nièce, quel beau-frère, quelles saisons ? Je n'ose plus lever les yeux vers lui, en fait. J'ai peur, maintenant. Je m'assieds sur un bout du lit mécanisé et je contemple, avec lui, le parc par la fenêtre, elle est vraiment jolie, la vue, je lui dis. Puis je ne dis plus rien. On reste peut-être une demi-heure, silencieux, à regarder par la fenêtre les grands arbres qui arrêtent la lumière. Mais soudain un rire éclate, dans le couloir, terrible, méchant, qui me fait sursauter. Et alors, il rit aussi. Plus fort. Plus strident. Comme si c'était une compétition avec l'homme du couloir qui, du coup, renchérit et rit encore plus fort.

Bon… Je vais y aller, Christophe, d'accord ? On ne s'est pas dit grand-chose. Mais ça m'a fait plaisir de te revoir. Tu peux m'appeler, si tu as besoin. Là, j'ai mon train.

Je me demande si je dois l'embrasser, lui serrer la main, mais il me lance un regard glacé et perçant, j'ai l'impression qu'il me considère pour la première fois, les yeux fâchés, et la bouche, et le front, le visage tout entier déformés à force d'être fâchés, puis ses lèvres se retroussent sur des gencives noires, les yeux sont exorbités, ça va Christophe ? tu ne vas pas faire une crise d'épilepsie ? tu trembles… tu veux que j'appelle quelqu'un ? Je peux rester un peu, finalement, si tu préfères. Je m'en fiche de mon train.

Caca, il dit, comme si ça lui coûtait un effort énorme. Quoi ? cacacacacacaaaaaaaaaa, il articule, écume aux lèvres, tout le visage convulsé, caverne de la bouche ouverte. Cette fois, je m'enfuis. Je cours jusqu'à la gare.

*

Il fallait que je revienne au Grand Hôtel de Clermont, dit « chez Ahmad », dit « le café des amis », rue Véron, à Paris. C'est la dernière maison de maman, son dernier bureau, refuge, cocon, bar à chicha, parc à jeux. À la fin de sa vie, c'est le seul endroit où elle se montrait sans sa perruque, son petit crâne parfaitement rond. C'est là qu'on pouvait la joindre quand le téléphone était coupé dans l'appartement de Montmartre et qu'elle n'avait plus de forfait sur son portable. Je la revois dans l'entrée, de profil, riant, découvrant timidement ses nouvelles dents. Elles avaient l'air trop grandes pour elle. Elle n'osait pas vraiment s'en servir. Elle en vérifiait la présence, de temps en temps, avec la langue. Elle buvait son vin rouge à la paille pour pas les abîmer. Mais elle pleurait toujours autant après le deuxième verre. À cause de ces dents qu'elle avait peur de tacher ? Parce qu'elle était en bisbille avec l'EDF, la Sécurité sociale, la Banque postale, un voisin ? Parce qu'elle avait trafiqué le compteur électrique ? Imité la signature de papa sur un chèque ? Je revois son rouge à lèvres sur la paille. Ses lèvres pincées sur sa cigarette quand elle battait les cartes. Ses sourcils froncés, toujours. Je vois ses amis, visages blêmes sous le halo du plafonnier, nez veinés de violet, chapeaux, blousons, et ce type, un peu plus loin, un peu beau, qui sirote sa pinte avec une tête de conspirateur – est-ce que c'est lui, son nouvel amoureux ? Et cette femme apathique et ventrue qui étudie tous les jours la même carte Michelin étalée devant elle, le même verre qu'elle remplit en douce avec le thermos de son sac à dos. Demi-clochards, demi-poètes, paumés définitifs, tous autour de maman, leur reine, la dernière reine du triste bal du Grand Hôtel de Clermont.

Donc, j'arrive chez Ahmad, c'est une idée de Pablo, et il a tenu à m'accompagner. Je devrais ressentir quelque chose, la présence de maman, son absence, je ne sais pas, quelque chose, mais non, rien, je ne ressens rien. J'essaye de me forcer pour ne pas décevoir Pablo qui a mis tant d'espoir dans cette visite, ce pèlerinage, ça va te faire du bien il m'a dit, tu vas voir, ça va remettre les choses en place. Qu'est-ce que vous prenez ? Deux bières. Je ne bois jamais de bière, en principe. Mais là, je veux que ça me rappelle maman. Raté. Ce n'est pas assez pour m'émouvoir. Je suis un roc, une pierre. J'ai le cœur et l'âme fermés. C'est resté dans son jus, dit Pablo qui regarde autour de lui. Ça va bien t'aider, Justine. Il est confiant. Il veut tellement me sauver. Je ne le lui dis pas mais je trouve, justement, que le jus n'est pas le même. C'est un jeune jus, propre, frais, un jus des beaux quartiers parce que Montmartre est devenu un beau quartier. Tu sors ton médaillon ? m'encourage Pablo.

Je suis venue avec une photo de maman, de trois quarts face, visage aigu, arcade sourcilière haute, noir et blanc, beaucoup de grain, elle est d'époque, mais je l'ai choisie parce qu'elle y est redevenue, soudain, très belle – mais, du coup, on ne la reconnaît pas vraiment, c'est bête. J'avais prévu de la présenter à la ronde, aux clients, comme un détective privé, comme dans les films, je cherche une âme, une petite âme, avez-vous croisé cette âme ? Mais ça ne va pas marcher. Premièrement, elle est trop belle pour être ressemblante. Et deuxièmement, ça a trop changé, je ne vois rien qui témoigne du passage de maman, rien qui prouve qu'elle a existé ici. Tu vois bien, crétine, que le temps existe puisqu'il a passé, presque une génération, renouvellement de la clientèle, les gens accoudés au bar ont vingt-cinq ans, trente ans, des Américains, des Anglais, Louis Vuitton guide, gentrification. J'ai envie de m'en aller. Comme le jour de la maison de santé de Christophe.

Mais voilà Ahmad, le patron. Lui, je le reconnais. C'est marrant, il est carrément le même, il n'a pas vieilli du tout, il serre la main des clients, ça va ? Labess ? Il nous serre aussi la main, à

Pablo et moi. C'est lui ? chuchote Pablo. Oui, c'est lui. Alors, Pablo ne lâche pas la main d'Ahmad. On est venus ici pour une enquête, pour que ma femme aille mieux, pour qu'elle sorte de cet enfer d'obsession de sa mère. Pablo ne le lâche plus et il me désigne du menton. C'est elle, c'est Justine ! Justine ! La fille d'Isabel ! OK ? Isabel Doutreluigne ? Ahmad me regarde poliment. Il n'a pas l'air de comprendre ce qu'on veut de lui, il aimerait bien retirer sa main, mais Pablo la serre plus fort. Tu montres la photo, chérie ? Je montre la photo. Ahmad me regarde, regarde Pablo, ne comprend pas, comprend, plisse les yeux, fait un effort, mais il n'a pas idée de qui on lui parle, il comprend juste qu'il faut rester poli, mais ça se voit qu'il n'a pas d'Isabel en magasin. Je suis déçue. Maman passait sa vie dans ce rade et le mec l'a rayée de sa mémoire ?

Il regarde à nouveau Pablo, plisse à nouveau les yeux. On se connaît, non ? Pablo, interloqué, répond : non, oui, c'est que je suis acteur. Ah acteur... C'est pour ça... Et vous avez joué dans quoi ? Là, flash. C'est pas Ahmad, c'est son fils. C'est pour ça qu'il a si peu changé. De toute façon le peut-être fils d'Ahmad ne s'intéresse plus du tout à moi. Il s'est assis en face de Pablo et c'est lui qui lui serre la main maintenant. C'est ma tournée ! C'est pas souvent qu'on a des artistes ici ! Et voilà, ça discute, cinéma d'auteur, cinéma de pas auteur, cinéma tout court. Pablo me fait un clin d'œil. Je bois ma bière d'un trait, mousse aux lèvres, l'haleine maussade de maman dans la gorge. Je file aux toilettes. Il y a des articles de presse sur le Grand Hôtel de Clermont punaisés aux murs, *Time Out*, *Libération*, je me vois dans la glace sous le néon qui tremblote, tiens, je ressemble à maman dans cette glace, je vomis.

Quand je reviens Pablo est épuisé, il pose pour un dernier selfie avec le peut-être fils d'Ahmad, mécaniquement, il a toujours à la main la petite photo en médaillon, il tente une dernière fois, alors ? et Isabel ? racontez-nous Isabel, c'était un peu la mascotte, ici, non ? Je profite que le peut-être fils d'Ahmad plisse encore les yeux, l'air de chercher très loin, pour, enhardie par la bière de maman, lui tomber dans les bras et l'embrasser. Mais oui, je dis. Il se souvient forcément de maman. Personne ne peut l'oublier maman. Le fils d'Ahmad joue le jeu, il a compris. Ou peut-être qu'il veut abréger, se débarrasser de nous, il en a vu d'autres, il en a connu des relous, des cinglés.

Ah Isabelle, il dit, en faisant claquer ses bretelles... Quelle femme, tout de même. Quelle femme ! Pablo me lance un regard triomphant, soulagé. Bon, je dis, ça me fait plaisir, je repasserai, on discutera du bon vieux temps. Mais bien sûr, venez quand vous voulez, on échange nos numéros ? et toi, Pablo, tu me signes le livre d'or ? Allez, yallah, les amis, vive le cinéma ! Et passez le bonjour à Isabelle pour moi, sacré Isabelle, hein, toujours la classe. On se retrouve rue Véron, puant le tabac froid et la bière.

Maman est morte il y a vingt ans. Plus personne ne se souvient d'elle. Et moi non plus. La preuve, cette enquête lamentable pour essayer de la faire revivre et où je suis en train de l'enterrer. Ma petite maman tombée dans le puits de l'oubli, poulie cassée, couvercle scellé sur l'eau croupie, c'est nul. Identification d'une femme, raté.

*

François, c'est sûr, a des secrets. Des lettres, des photos, qui elle était quand elle avait trente ans, peut-être qu'il sait, lui, à quel moment elle est entrée dans le malheur, pourquoi elle se bousillait et ce qu'ils ont partagé. Et pourquoi elle m'a laissée comme ça, à trois ans, à papa. Sa décision ? celle de papa ? la décision de tout le monde et de personne, le jour où papa a reçu le coup de téléphone de la mairie lui disant qu'il y avait une petite fille qui dormait sur le palier, rue Cassette, au milieu des poubelles et des seringues usagées, fallait venir la récupérer fissa ? Et après, pourquoi ces rendez-vous manqués, ces lapins, ces éclipses, ces petits signaux, et puis plus rien, j'ai attendu toute ma vie qu'elle m'explique. On dit souvent que les souvenirs se bousculent. J'aimerais bien. J'en ai si peu. Bousculez-vous, les souvenirs. S'il vous plaît, bousculez-moi. François, le pauvre, est comme tout le monde, il a une vie, autre chose à faire qu'ouvrir les vieux tiroirs, mais tant pis, je ne veux pas y penser, je ne veux penser qu'à maman, à ce que je ne sais pas de maman, à ce qui l'empêchera de mourir tout à fait et qui m'empêche, moi, de vivre. Je lui ai donné rendez-vous dans un café, près de la gare Montparnasse, c'est de là que partait le train pour Rennes.

Bon, alors, il me dit, comme s'il retroussait des manches imaginaires, on y va ? Il me sort un polaroid. Maman et moi dans un bain, j'ai huit ans, une pyramide de mousse sur mes cheveux ruisselants. La photo est floue. Peut-être parce que je ris trop, on riait beaucoup tous les trois. On devine, derrière, le corps de maman, parfait, ses seins ronds. Je t'en fais une copie ? il me dit. Celle-là, c'est la mienne. On commande. Salade, plat du jour. Tu sais, il reprend, ta mère m'a beaucoup trompé. Il pose sa fourchette, croise les bras, me toise. Il n'a pas tellement de cou, ça doit le complexer, il lève le menton – il a dû répéter devant sa glace.

Avec un certain Loïc, déjà. Un homo, on ne disait pas encore gay, qu'elle avait décidé, comme une mission, de convertir à l'hétérosexualité (quand il dit gay, il fait craquer ses doigts, il est toujours en colère). Ensuite, tu le sais peut-être, elle m'a trompé avec mon ami Poirier. Tu le connais Poirier ? Je ne réponds pas. On s'en fout que je connaisse ou non ce Poirier. Le problème c'est qu'il en a encore gros sur la patate, et qu'il est content de se mettre à table. Il laisse gonfler un peu le silence, ça doit l'étonner que je ne réagisse pas, alors il change de tactique. Devinette pour Justinette : on en a conclu quoi, à ton avis, mes amis, ses amis, notre entourage ? hein, on en a conclu quoi ? Il n'attend pas vraiment de réponse, là non plus. Eh ben on en a conclu (il approche son visage du mien, et chuchote) que tout Paris lui est passé dessus, à ta mère.

Il prend une bouchée de salade, savoure son effet, et sa salade. Il a de la vinaigrette, que je n'arrive pas à ne pas regarder, qui luit à la commissure des lèvres. Ah oui, tout Paris ? je dis. En comptant la petite couronne ? la banlieue ?

Il hausse les épaules et me lance un regard de pitié. Puisque je ne veux pas comprendre, c'est lui qui me plaint, pauvre fille d'une fille perdue. Tout Paris, quand même, je reprends, comme si on parlait de quelqu'un d'autre, de Petula Clark, de Macron, d'Odette de Crécy, de n'importe qui... Quand même ça m'étonne... Il m'interrompt, se passe une main sur le visage, hop, plus de vinaigrette.

Tu sais... On voulait un enfant, tellement, tellement fort, tu vois, mais ça n'a pas marché, et elle a eu un œuf mort.

Hein ?

Un œuf, mais mort, tu vois ? (Oui oui, je crois que je vois, et je suis anéantie.) Elle a eu une sorte de début d'empoisonnement du sang, puis une grossesse extra-utérine, et puis bon, comme il ne lui restait qu'une trompe, tu vois ? (Je te dis que je vois.) D'ailleurs, je me suis toujours demandé... Est-ce qu'elle avait pas déjà vécu ça, avec ton père, avant, bien avant, peut-être en mai 68 ? Non ? Bon. Donc, en fait, je rentrais chez moi, chez nous, je vois des pompiers en bas de l'immeuble, c'était pour elle... Je l'ai demandée en mariage là, dans le camion des pompiers. C'est con, hein ! Aujourd'hui encore, ça me fait chialer.

Et voilà, il pleure.

Ah, je dis (en regardant mon téléphone pour ne pas le voir pleurer, je ne veux pas le plaindre, pas le consoler), plus qu'une trompe d'accord... Oui, il renifle. Et là, plus de trompe du tout ! plus du tout ! Alors, tu as pensé chouette, elle est tellement traumatisée qu'elle n'aura plus envie de te tromper ? Oui, il répond, soudain très exalté, mais en reniflant toujours, oui c'est ça, tu as compris, j'ai cru qu'elle allait arrêter de me tromper, mais non, tout Paris je te dis, tout Paris, ça n'a jamais fini.

Je ne réponds pas. J'ai envie d'une cigarette. Et de l'écraser dans le plat du jour. Et de ne plus jamais entendre parler de lui. La serveuse vient nous proposer la carte des desserts. Mais il ne l'entend pas. Il mastique un bout de pain. Air crâne. Bruits de bouche. Brève vision d'un baiser avec maman.

Un jour, il reprend, je devais aller te chercher au train, à la gare de Chartres. Tu avais quoi ? Huit ans ? Neuf ? Mais ta mère avait oublié de te mettre dans le train. Alors, j'ai téléphoné à la maison et c'est un type qui m'a répondu et qui m'a demandé qui j'étais. Comment ça, qui je suis ? j'ai dit. Et j'ai entendu ta mère, à côté, demander, d'une voix ensommeillée, « c'est qui, Minou ? ».

Je suis rentré, direct, à Paris, péter la gueule à ce type qui répond à mon téléphone et que ma femme appelle Minou. Mais quand je suis arrivé, il n'y avait aucun type à la maison, et ta mère a tout nié en bloc, tu la connais.

Il recule sa chaise, croise les bras, attend ma réaction. Comment lui dire que tout Paris, la conversion de l'ami homo, l'adultère, Minou, ses délires gynéco, je m'en fous, ça ne m'intéresse pas, la seule chose qui me fait de la peine c'est cette histoire d'autre enfant, qu'elle ait voulu un autre enfant, une nichée, une tripotée peut-être. Ça ne lui suffisait pas de ne pas s'occuper de moi ? Il fallait aussi qu'elle essaye de ne pas s'occuper d'une petite sœur ou d'un petit frère ? J'ai le tournis. J'ai la brusque révélation de maman au jardin du Luxembourg, câlinant une petite fille, lui chantant une berceuse, caressant ses boucles rondes avec une tendresse dégoûtante, la petite fille est irrésistible, floue elle aussi, et maman, ses beaux cheveux dorés, sa peau nacrée, elle pose un baiser esquimau sur le nez minuscule de la petite fille, j'ai envie de la prévenir, la petite, attention, attention, elle va t'oublier sur un manège, au bac à sable, devant le kiosque à gaufres, attention, elle va t'oublier comme elle oublie ses foulards dans les cafés, ou ses briquets, et comme elle m'a oubliée, moi !

et je vois la petite fille tourner sans fin sur le manège puisque maman, notre maman, est partie rejoindre François, Poirier, Petula Clark et tout Paris.

Je ne te crois pas, je dis à François. Et je me lève, et je quitte le resto.

*

La dernière fois que j'ai entendu parler de Violaine, c'est par moi, je terminais comme ça son portrait dans mon premier roman : « Je sais aussi qu'elle a moins vu maman, puis plus du tout, qu'elle est partie vivre en Australie, puis à Bangkok, puis à Kuala Lumpur. Elle a eu un accident de moto. Elle s'est fait amputer d'une jambe. Elle a essayé d'ouvrir une librairie française à Bali, avec mélange de BD porno et de bonne littérature. Aux dernières nouvelles, elle purgerait une peine de prison, là-bas, au bout du monde, pour abus de farine beige et de petits cadeaux. » Je me dis, ce matin, seule dans mon lit, noyée dans mon Instagram, pas envie de me lever, que c'est de là qu'il faut partir, de Violaine.

Donc, je repars. Je la suppose toujours unijambiste, tankée quelque part sur un îlot pourri, seule, vieille, rebelle devenue Carabosse. Et je veux la revoir, je veux savoir, je veux comprendre.

Je n'en parle à personne. Car, pour tout le monde autour de moi, c'est le diable et il ne faut pas chercher le diable. Je trouve, sur Internet, une photo d'identité d'elle, jeune. Elle est plus belle que dans mon souvenir, blonde, bravache, un côté Gérard Depardieu dans *Les Valseuses*, cheveux paille, air voyou, petite frappe.

Puis, en cherchant encore – j'ai cherché pendant trois jours – je tombe sur une copie de son passeport sur le site « Ensemble contre les arnaques aux dons ». Je la reconnais immédiatement, même si ses yeux sont noyés dans les rides et que tout le reste, pommettes et joues, est descendu d'un étage. C'est le même air de défi, les mêmes cheveux hirsutes mais gris et coupés plus court. Elle a posté des bordereaux de dépôt, Bank of Africa Bénin. Contenu du coffre : mallette noire. Contenu de la mallette : bien familial. Certificat de dépôt : 820 000 euros. Qu'est-ce que c'est que cette histoire ?

Ensuite je la trouve, comme tout le monde et ça me déçoit un peu, sur Facebook. Je laisse un message, deux messages, Violaine, Violaine, je voudrais bien te parler. Puis sur Instagram, elle s'appelle Marie-Violaine P., deux followers, zéro publication, je recopie mon message, Violaine, Violaine. Les jours passent. Silence. Et puis, au moment où je laisse tomber et cesse de surveiller, Bonjour Justinette, quelles sont les news.

Justinette... Elle aussi ? Me revient une scène qu'on avait écrite, avec Pablo, pour son premier film. Il ne l'a pas tournée finalement. Violaine et maman dans la baignoire. Et, comme sur la photo de François, petite moi. Pas de mousse pour cacher les corps. C'est censé être joyeux. Maman sort répondre au téléphone. La conversation dure, maman rit, fort, très fort, j'aime quand maman rit comme ça, je ris aussi, c'est comme si on riait ensemble, mais Violaine me dit « elle est jolie ta zézette », elle ondule un index dégoûtant sur mon petit ventre encore bébé, je me ratatine à l'intérieur de moi-même, je sors à mon tour du bain, j'ai du mal à enjamber la baignoire car je suis trop petite, Violaine rit, elle crie Justinette, la zézette de Justinette, reviens, c'est pas grave, c'est marrant ! Je ne sais pas si je trouve ça marrant, et je vais sucer mon pouce dans un coin de la cuisine, au bout de l'appartement.

Une baignoire... Une remarque en se savonnant... On ne va pas en faire une histoire, me dira maman en riant. Mais, pour moi, c'est, encore aujourd'hui, comme un sanglot froissé. Une nausée de honte de n'avoir pas oublié cet index, et d'y repenser, et de voir qu'y repenser me fait encore quelque chose.

Toute ma vie on m'a répété cette femme est tombée sur ta mère comme la merde sur le monde. Toute ma vie j'ai redouté et peut-être attendu le moment où j'allais la recroiser, lui reparler, est-ce que j'allais l'insulter, lui cracher au visage ? Et elle, est-ce qu'elle a des choses à me dire ? des remords ? des excuses ? Mais voilà. Bonjour Justinette. Et j'ai tout à coup moins envie de parler à Violaine. Moins envie de la revoir et de comprendre. Il faut peut-être pas comprendre les gens, à quoi ça sert ?

Et puis, une heure après, vlan, ça repart dans l'autre sens. Une brusque nostalgie, non de l'enfance, quelle enfance, mais de quelque chose de trouble, un lien, peut-être que même quand on déteste les gens et qu'ils vous ont fait du mal c'est toujours un lien et que ce lien vous manque ? J'ai passé l'âge de juger. Oui, finalement, je veux savoir. Plus rien ne me fait rien. J'ai lutté toute ma vie pour ne pas avoir mal et, en effet, je n'ai plus mal.

Si maman était encore là, est-ce qu'elle serait, elle aussi, une vieille dame, perdue dans un grillage de rides et de plis ? indigne ou assagie ? bonne grand-mère, et tout serait pardonné, tout serait rigolé, tu te souviens quand vous m'avez perdue gare du Nord et que vous étiez tellement bourrées que vous vous en êtes rendu compte des heures plus tard ? et quand tu laissais Violaine cacher la came dans mes nounours à l'embarquement de Kuala Lumpur ? et cette enfant rabat-joie que j'étais, cette vieille petite fille trop sérieuse – dis donc elle est pas un peu bégueule, ta fille ? et tu avais répondu que c'était la faute de l'école, de mon signe astrologique, de papa, tu avais haussé tes jolies épaules, tu avais répondu que ça me passerait, mais ça ne m'est pas passé, tu vois.

Donc, Violaine.

Lundi

– *Justine ?*

– *Violaine ?*

– *Salut ma cocotte, je suis branchée sur la récupération d'un terrain de plus de deux hectares, colline dominant la mer, volé par des escrocs locaux. Et toi quoi de neuf ? Depuis quarante ans ? Please quel âge as-tu ?*

– *Violaine, il y a des choses que je voudrais savoir, sur toi et maman.*

– *Pourquoi ne viens-tu pas me voir ici à Lombok ? Isabel me manque tellement. Je n'ai même pas su qu'elle avait attrapé cette saloperie de maladie.*

Mardi

Réponds, Justine-Juliette.

(Mais Violaine a retiré un message).

– *Venir te voir ? oui, pourquoi pas, il faudrait que j'organise ça. Mais je suis occupée. J'écris.*

– *Ah oui ? Moi aussi. Des poèmes. Je te les donnerai quand tu viendras. Tu les feras publier, tu demanderas à ton daddy pour moi.*

– *Des poèmes sur quoi ?*

– *La forêt.*

(Mais Violaine a, de nouveau, retiré un message. Et un autre. Et un autre.)

– *Justine de mon cœur, tu me rejoins quand ??*

– *Je ne peux pas pour le moment, Violaine.*

– *Le fric c'est ça ? Ton père n'a pas les moyens financiers d'aider sa fille ?*

(Violaine a retiré un message.)

– *Justine, explique-moi où sont passés les revenus de tes bouquins ?*

(Violaine a retiré un message.)

(Violaine a retiré un message.)

(Violaine a retiré un message.)

– *Tu ne réponds pas, Justinette.*

(Violaine a retiré un message.)

– Alors, Justinette, tu veux toujours que je t'apprenne des choses sur Isabel, l'amour de ma vie ?

– Oui. Votre rencontre, déjà ?

– J'aimais tendrement Jérôme, mon mari. Mais il le savait et l'acceptait : j'étais plus attirée par les filles. Alors, un soir, je suis allée à une fête chez ton père. Isabel y était, malheureuse…

– Malheureuse ?

– Très malheureuse. Nous nous sommes barrées en Bretagne chez la famille Doutreluigne. Sa mère nous a chassées. Nous sommes allées dans la maison de ma grand-mère en Belgique, jusqu'à ce que je décide de partir dans la Forêt-Noire chez un vieil aristo allemand qui avait créé un lieu pour faire du karaté et arrêter l'héroïne. Un jour, en attendant ta maman, je suis partie faire un tour à moto. Et sur une route de montagne, un mec en bagnole m'est rentré dedans et s'est tiré. Hôpital suisse. Jérôme vient me chercher pour me rapatrier à la Pitié-Salpêtrière. Un an de souffrances pour rien, puisque j'ai finalement accepté de me faire amputer à mi-cuisse. Isabel venait super souvent me rendre visite. Voilà, en gros. Je dois ajouter que nous nous aimions énormément.

Samedi

– *Bonjour Violaine, tu as toujours ta librairie ?*

– *Non. Vendue. Trop de travail. Au fait je suis arnaquée par mon avocat, j'ai besoin d'un bon avocat pour me défendre de cet avocat, tu en connais ?*

Dimanche

– *Justine, quand viens-tu ? En ce moment tous les hôtels cassent leurs prix. J'ai super envie de passer un moment avec toi. Nous parlerons d'Isabel tellement présente dans mon cœur. Le mur au-dessus de mon lit est couvert de photos d'elle. Enfin, c'est le passé : nasi sudah menjadi bubur comme on dit ici.*

Mercredi

– *Hello Violaine, et pourquoi tu ne viendrais pas toi à Paris ?*

– *Je me suis cassé le col du fémur. Impossible de sortir de mon lit... Dès que mon unique guibole sera remise en état, oui, bien sûr, je viendrai. Mais ça prendra du temps. Au moins six mois.*

– *Oh là là. Tu es dans ton lit tout le temps ?*

– *Je suis au-dessus d'un lit de coucou tout le temps. Personne n'est venu me voir, Justinette de mon cœur. Je suis blottie dans un vieux coin, toutes mes illusions flétries et perdues. Allez viens, tu m'apporteras un parfum d'autrefois. Tu m'apporteras tes œuvres aussi, please.*

Jeudi

– *Tu ne trouveras jamais le fric, allez, je te le prête. N'en parle à personne. De combien tu as besoin ?*

Vendredi

– *Grouille-toi pour te pointer j'ai super envie de parler de mon grand amour avec sa fille unique.*

Samedi

– *Réponds-moi s'il te plaît.*

(Violaine a retiré un message.)

– *Ma cocotte tu as besoin de combien pour venir ici. Réponds sincèrement.*

Mardi

– *Violaine, j'ai surtout besoin de trouver le temps !*

– *J'en ai marre d'attendre. Pourquoi devrais-tu trouver du temps, tu es si occupée que ça ?*

(Violaine a retiré un message.)

– *Justinette, tu ne réponds pas. Tu es pleine de haine à mon endroit. Pourquoi ?*

Jeudi

– *Je suis désespérée. Ça ne tient pas debout de vivre aussi longtemps. Où es-tu ? Que fais-tu ?*

– *C'est pas si simple pour moi de venir, tu es loin, c'est un long voyage, je suis nulle en organisation, j'ai deux enfants.*

Samedi

(Appel vidéo manqué.)

Dimanche

(Appel vidéo manqué.)

– *Dis-moi que tu es en train de chercher du fric pour venir me voir en Indonésie. N'est-ce pas ? Oui ou non ?*

Mardi

– *Alors ? Tu as trouvé du fric dans la poche de P...A ? Allez viens. Envie de te voir. Isabel est si loin. C'est hallucinant que ton père ne soit pas là pour toi.*

Mercredi

– *When will you decide ? Borrow money to others if you don't want from your father but try to arrive quickly. Je répète : j'ai de belles photos d'Isabel. Elle me manque. Beaucoup.*

Jeudi

– *Donne-moi les références de ton vol s'il te plaît. Et transmets mes salutations à ton époux et un grand merci d'être d'accord pour que tu viennes. Tendrement. Ta mère adoptive. Violaine.*

Vendredi

– *Tu ne réponds pas. Je dois t'emmerder avec mes messages incohérents. Comment je sais ? Sixième sens. C'est le seul intérêt de vivre jusqu'à 78 piges. Quand tu viens, va d'abord dans une pharmacie, demande-leur s'il n'y a pas un nouveau produit plus efficace pour les douleurs fantômes que le Lyrica.*

Samedi

– *Violaine, je ne vais pas venir tout de suite. Il n'y a pas de Lyrica, là où tu es ?*

– *Si, mais le dosage est minuscule.*

Mardi

– *Si tu pouvais joindre Jodie Foster, ça réglerait toute une série de problèmes. Elle vit à Los Angeles. Nous sommes amies.*

– *La classe, mais je ne sais pas comment joindre Jodie Foster !*

– *Allez, viens, ma fille chérie, je t'emmènerai à Komodo Island. On s'amusera.*

Vendredi, Funnycatvideo
– *Tu sais quoi ? ta mère ne m'a pas attendue pour se camer. Elle était complètement accro à l'opium quand elle était enceinte de toi.*

Lundi, Funnycatvideo
– *Je ne comprends pas comment j'ai pu écrire et envoyer une merde pareille pardonne-moi s'il te plaît.*

Mercredi
– *Réponds, salope.*

*

« Ta mère ne m'a pas attendue pour se camer elle était complètement accro à l'opium quand elle était enceinte de toi. » La phrase ne me quitte pas. Ses mots me restent dans la tête, la gorge, ils dégringolent le long de ma colonne vertébrale, métastasent dans tout mon corps, me battent dans les tempes. Une ou deux fois par semaine, elle m'envoie encore des vidéos de chats, de chiens, funnycats, sillycutekitty, catzilla, catsloversh ome, crazypet. Mais je n'ouvre plus ses messages. Ça ne m'intéresse plus.

L'amour c'est quoi ? Une broussaille de cheveux, une grande main, une odeur, sa fille qui avait le même prénom que moi, la drogue dans les nounours – et puis ? Je laisse à maman ce mystère-là. Je m'en fous. Il y a juste cette phrase dont je n'arrive pas à me défaire. Ta mère ne m'a pas attendue pour se camer elle était complètement accro à l'opium quand elle était enceinte de toi. Tamèrenemapasattenduepoursecamerelle étaitcomplètementaccroàlopiumquandelleétait enceintedetoiTamèrenemapasattenduepoursecamerelleétaitcomplètementaccroàlopiumquandelle étaitenceintedetoi.

*

Bon. Je ne vais pas laisser le dernier mot à Violaine. Je suis née le 4 septembre. À Paris. Prématurée, sept mois, peut-être sept et demi, maman se trompait toujours dans ses calculs, mais prématurée, ça, c'est sûr, c'est une donnée, pas de cheveux, pas d'ongles, tout petits doigts, yeux fermés, trois semaines en couveuse, moniteurs, bip, bip, bip, je suis restée un peu comme ça dans le fond. Mais je fais mes comptes. Je ne suis pas tellement meilleure que maman dans mes calculs. Mais j'essaye. 4 septembre, moins sept mois et demi, ça donne quoi ? Fin janvier. Admettons le 20. Et là, il faut que j'interroge papa.

Je prends l'air détaché. Je fais comme s'il m'expliquait un problème politique ou philosophique normal. Ou comme quand on était au café, à la même table du même café, un peu avant 8 heures, pour prendre un petit déjeuner avant qu'il me conduise à l'école. Et comme quand, à l'époque, il m'expliquait la république et que, de mon écriture d'enfant, je notais les grandes idées dans le Filofax que j'avais toujours dans mon cartable, je lui dis : attends, tu vas trop vite, il faut que je prenne des notes. Et il me répond : tu es folle ? Tu vas pas prendre des notes sur ça, c'est ridicule, écoute juste, c'est simple, très important mais très simple, et tu vas te souvenir de tout.

Donc, je me souviens. Lui, papa, a décidé de partir au Bangladesh. C'est la grande aventure de sa vie. Maman l'a accompagné jusqu'en Inde mais, comme d'habitude, elle est pas d'accord, elle le contredit, ils s'engueulent, maman n'est jamais d'accord sur rien, ni avec personne. Le Bangladesh ? Pour, puis contre. C'est pas parce qu'on s'aime que. Elle n'est pas béni-oui-oui. Son libre arbitre. Ses opinions. Pas parce que tu es normalien que. Pas parce que tu es accrédité par *Combat* que. Pas parce que j'ai pas eu mon bac que, que, et que. Au début, elle veut venir avec lui, elle aussi veut partir en reportage, passer clandestinement la frontière, tenir une caméra, interviewer des gens, c'est pas sorcier, elle aussi elle peut, qu'est-ce que c'est que ces conneries, je viens avec toi. Mais à Calcutta, ils se disputent vraiment. Tu m'emmerdes. Non c'est toi. Je me barre. C'est ça, barre-toi, bon débarras. Papa part. Il confie maman à Jean Vincent, qui dirige le bureau de l'AFP à Calcutta. Vous vous occupez bien d'elle, hein, car je n'ai pas idée de quand je reviendrai ? Jean Vincent s'occupera bien d'elle, avec Marie-Laure, une fiancée de l'époque, qui est aussi photographe. Mais maman boude, s'ennuie de lui. J'ai bien compris, on est en novembre et elle trouve le temps long. Alors, elle se perd dans les rues, les ashrams, les temples à tuiles jaunes, les monastères repaires de junkies. Et elle essaye, oui, probablement, de nouvelles drogues. Livrée à elle-même, elle essaye. Accro, je ne pense pas. Mais attirée, oui. Comme tout le monde. Comme tous les jeunes gens qui voyagent en Inde à cette époque et qui ne le font pas pour créer des start-up.

Un jour, papa revient. C'est Noël, la guerre est finie, la vie est normale, les gens du Bangladesh peuvent circuler entre les deux pays et, comme il s'ennuie d'elle, lui aussi, terriblement, il décide, avec d'autres journalistes, de passer la nouvelle année à Calcutta, avec elle. Tout de suite il repart, parce que c'est la vie, c'est son truc, il a un travail au Bangladesh qu'il fait bien comme il faut. Mais maman lui manque vraiment. Alors, quelques semaines plus tard (trois semaines en fait, juste trois semaines, puisque j'ai calculé 20 janvier), il profite d'une accalmie, d'un moment creux dans son travail, d'une fête nationale, d'une fête musulmane, je ne sais plus, j'aurais dû prendre des notes, je le savais, et il vient la retrouver encore une autre fois. Il lui raconte ses aventures, elle est toujours d'accord, puis pas d'accord, ou l'inverse, ils se réconcilient, ils se redisputent encore, ça dure comme ça pendant des heures.

Maman, en son absence, s'est fait de nouveaux amis. Des sœurs errantes. Un gars qui, la veille, faisait la manche et se roule maintenant un joint gigantesque sur le lit de leur hôtel de week-end puis, la nuit venue, les dépouille, passeports, argent, valises, tout. J'ai leurs nouveaux passeports de l'époque, lui, elle, ils sont heureux, ils sont très jeunes, on additionne leurs deux visages de bébés, on est pile dans les dates, et, parmi les milliards de combinaisons possibles, ça fait moi.

Car voilà. Maman est enceinte. Elle ne l'a pas réalisé tout de suite. Je me souviens qu'elle avait parfois ses règles trois semaines d'affilée, puis plus rien pendant deux mois. Alors, l'idée doit l'effleurer, puis repartir. Elle sait et elle ne sait pas. Elle y croit, mais elle ne sait pas qu'elle y croit. Elle a dû se dire qu'elle est déréglée par les ashrams, le haschich, l'opium, les terres jaunes, la courbe différente des choses, les statues que personne ne regarde, les dieux, ça doit changer la chimie du corps, ça doit tout mettre sens dessus dessous. Elle n'y pense plus. Papa, de toute façon, est reparti, il ne se doute de rien et s'occupe de ses trucs à lui. Et elle reprend ses vagabondages à Calcutta, Bombay, tout ça. Et puis les semaines passent, les mois, février, mars, avril, papa refait la route Dacca-Calcutta, de temps en temps, pour la retrouver. On est en mai. Il y a des trucs vraiment pas normaux. Elle finit quand même par compter, on est quel jour, quelle heure il est ? Elle a faim.

Voilà que j'attrape encore des souvenirs qui ne sont pas les miens. C'est interdit. Pas le droit. Mais ils viennent quand même. Une avalanche de mémoire me tombe dessus et je n'y peux rien. Je vois maman, et puis je ne la vois plus. Je la revois, je la reperds, elle revient, elle se dit que, quand même, toutes ces nausées, ces vertiges, le dépaysement, d'accord, mais ces seins qui font mal, ça peut pas être le haschich, ni les fumeries d'opium bon marché où elle passe parfois la nuit, jamais entendu dire que le haschich ou l'opium faisaient mal aux seins.

Peut-être qu'elle appelle alors sa mère, la méchante Jacqueline, en PCV. Peut-être que la méchante Jacqueline, qui n'était pas mauvais médecin, lui conseille d'aller faire une prise de sang. À Calcutta ? À Calcutta. Et si je vous dis que je suis à Pondichéry ? À Pondichéry. Eh bien, vous êtes enceinte. *You are pregnant.* Voilà.

J'imagine maman ne se rendant pas bien compte, mais trouvant ça marrant, délicieux, écrit dans les étoiles, étudiant les lignes de sa main pour voir si quelque chose a changé, ah non, c'était là et je l'avais pas vu. J'imagine papa surpris, à Dacca, quand elle l'appelle. Ou à Calcutta si, de Pondichéry, elle est revenue à Calcutta et lui de Dacca pour encore un week-end d'amoureux. Au début, il ne la croit pas. Elle raconte souvent des choses aberrantes. Parfois, elle décide qu'elle est juive, que la lune n'existe pas, qu'il y a des vérités cachées dans le fromage de chèvre. Tu es sûre, Isabelle ? Peut-être que tu te trompes. Maman ne s'énerve pas, pour une fois. Si, si, je t'assure, un petit bébé, je le sens, je le sais. Futur-papa : bon, c'est une bonne nouvelle, comme on va libérer le monde c'est le moment d'avoir un bébé.

Il se demande quand même, car il est aussi un fils, comment ses parents à lui vont réagir. Elle a une si mauvaise influence sur lui ! Les quatre cents coups en permanence. Les bêtises. La vente de son appartement pour partir aux sports d'hiver. Les jeans volés cachés sous d'autres jeans. C'est pas comme ça qu'on a éduqué notre fils. Mais, en gros, il est content. Et eux aussi, finalement. Ils disent quand il les appelle (en PCV) c'est bien, c'est formidable, mais il faut qu'Isabelle revienne, elle peut pas rester en Inde dans son état, qu'elle rentre, on s'occupera bien d'elle, elle t'attendra. C'est elle, ma grand-mère, l'autre, celle que j'aime tant, parfois je me trompais et je l'appelais maman, qui m'a tout raconté et ça je m'en souviens bien.

Est-ce que futur-papa se demande si c'est une bonne idée d'avoir un enfant avec une femme que vous aimez mais qui vous emmerde, tout le temps pas d'accord, tout le temps énervée, cherchant noise, de mauvaise foi ? Pas sûr. Ils sont tellement dans le présent. Le futur invisible et le présent visible. Et si insoucieux de tout.

Non. J'imagine plutôt futur-papa, dans l'hypothèse où elle le lui a appris par téléphone, revenant de son Bangladesh, la chouchoutant, la regardant différemment, elle est très belle, elle a l'air de plus en plus indienne, mais il ne veut pas, lui non plus, qu'elle reste dans ce pays plein de touristes fous et défoncés. Alors, il rappelle ses gentils parents. Il leur dit c'est d'accord, Isabelle rentre à Paris, vous promettez de vous occuper d'elle et de bien faire attention à tout ?

*

Il y a moi, maintenant, en elle, pour lui tenir compagnie, pour faire taire le chagrin des profondeurs, je ne suis rien encore, à peine plus qu'une idée, mais je suis déjà là pour la protéger.

Je sais bien qu'un enfant n'est un enfant que quand il naît, quand il a poussé son premier cri ou même seulement quand il a un prénom. Donc là, au commencement, au début de mon monde, je ne suis, comme nous tous, qu'un petit amas de cellules, un faisceau de globules. Mais je ne peux pas m'empêcher d'imaginer l'amas un peu inquiet et content quand même de ces parents-là, bien tombée, beaucoup d'amour, d'intelligence, de fantaisie, quelle chance. D'ailleurs je suis née contente. Pas finie, peut-être en manque, mais contente, c'est ma nature.

En attendant le petit amas donne la nausée à maman. Il l'encombre, fait sauter ses humeurs dans tous les sens. Il n'a que des ébauches de mains, mais des ébauches qui empoignent ses entrailles, les compriment, les tordent. Le tas de cellules prend racine, cherche à se faire une place, grossit, pousse-toi de là que je m'y mette plus à mon aise, merci. Bientôt des tendons, des minimuscles, des petites oreilles, des embryons d'organes, et tout cela dicte à maman ses envies. Non, pas ce poulet tikka, plutôt des fraises, comment ça il n'y a pas de fraises, si, je veux des fraises. Je suis un petit amas semblable à des millions d'autres petits amas, mais je fais monter sa colère, je change imperceptiblement son parfum, la largeur de ses hanches, la texture de sa peau, sa conscience de la mort et du danger. Le petit amas va bientôt se trouver à l'étroit et exiger sa libération, et en vitesse s'il vous plaît. Mais pour l'instant il sait qu'il a mis fin au voyage en Inde et obligé maman à rentrer à Paris.

*

Après, la question c'est la phrase de Violaine.

Deux possibilités.

Est-ce que ce moi qui n'est pas encore moi, qui grandit et qui dévore, qui presse l'estomac dans le foie et le foie dans les poumons, qui fait gonfler les chevilles et pousser d'intolérables boutons d'acné, dit à maman, rentrée d'Inde, de faire attention et d'arrêter de fumer de l'opium ? Quoi ! Faire attention ! Attention à quoi ? Des interdictions tant que tu y es ! Ce petit fœtus croit qu'il peut me gâcher la vie, mais je ne me laisse pas faire ! Un coup de pied ? Non. Pas question. Maman ne sait pas bien ce que c'est, être enceinte. Elle ne prend pas la mesure de ce que ça implique. Elle croit qu'elle peut faire ce qu'elle veut, se camer tant qu'elle peut, qu'elle accouchera en riant, d'un bébé tout mignon qui rira, lui aussi, aux éclats. Alors, elle continue. À Paris comme à Calcutta. Et la grand-mère sorcière est là, elle la fait revenir à Mordelles, elle s'approche, elle retisse sa toile, plus grande, plus large, et ça ne va pas.

Mais je pense aussi que maman a écouté petit fœtus. On ne se défonce pas comme ça quand on va bien, heureuse, amoureuse et, maintenant, enceinte. Elle est trop occupée. C'est occupant, un ventre occupé. Elle est peut-être déjà en train de m'aimer – à sa manière, désinvolte, jamais d'accord, pas conciliante, pas instinctive, pas animale, pas viscérale, mais totale. Ne m'a-t-elle pas toujours dit « tu es un petit miracle » ? Je crois aussi qu'elle prenait soin d'elle et, donc, soin de moi à travers elle. Elle devait vouloir garder son joli corps et continuer à poser pour des photographes même si elle les envoyait bouler quand ils la draguaient, quand elle trouvait les vêtements laids ou quand c'était trop tôt le matin. Je crois qu'elle devait se dire qu'elle allait enfin cesser d'être la fille mal aimée de sa mère sorcière, qu'on n'est plus tellement une fille quand on devient une mère. Je la vois, immobile sur le lit de Calcutta, chez Jean et Marie-Laure, puis à Paris, chez ma gentille grand-mère, se laissant choyer, attentive aux légers battements du cœur au fond d'elle, le deuxième petit cœur, un cœur qui vient du sien, qui est presque encore le sien et qui n'est déjà plus le sien, qui lui appartient et qui ne lui appartient pas, un cœur minuscule et qui s'accroche. Et je vois aussi maman s'observant dans le miroir, de face, de profil, main sur le ventre c'est différent, peut-être qu'elle se souvient quand sa mère à elle, l'affreuse Jacqueline, était enceinte de son dernier petit frère, maman avait, quoi, laissez-moi calculer... douze ans ? Peut-être qu'elle veut faire le contraire, ne pas devenir comme sa mère ni comme le reste du monde, elle se regarde bien, ça va, il y a de la marge.

Voilà. Je dois aller en Inde. Me rendre compte. Vérifier. C'est là que tout a commencé.

*

Pablo est stupéfait : tu détestes les coussins par terre, l'encens, les hippies, qu'est-ce que c'est que cette histoire d'Inde ? Tu adores Murakami Ryû, alors on va aller au Japon, comme on en a toujours rêvé ! Non, je dis. L'Inde, c'est fascinant, c'est envoûtant, je ne sais pas quoi dire d'autre, mais je me bute. Il croit que c'est parce que je veux faire du yoga, comme toutes les femmes de ma génération, il lève les yeux au ciel. Il a déjà acheté tout ce que la littérature nippone compte de chefs-d'œuvre. Les livres attendront, je réplique. Et on ne peut pas aller au Japon sans les enfants. Et les mangas, les samouraïs, Hiroshima, c'est pas pour un voyage de noces. Je laisse traîner un livre de Jack Thieuloy sur ma table de nuit, un road trip en Inde, Pablo lit tout, il est boulimique, il a une curiosité insatiable, c'est sûr, il va se toquer de l'Inde. Mais non, il trouve le livre dégueulasse, ce que tu lis est ignoble, l'histoire d'un pédophile qui mange le bras d'un mort, on ne peut pas aller dans un pays comme ça.

On a rendez-vous dans l'agence de voyages spéciale lune de miel, « *Just married, just adventurous* : vos voyages de noces sur mesure ». J'appelle avant. J'explique. Je voudrais parler au responsable, un petit service à demander, nous allons venir tout à l'heure dépenser notre cagnotte chez vous, mais je voudrais s'il vous plaît que vous disiez, devant mon mari, que pour le Japon c'est niet, tout est complet, il n'y a plus rien, rien de rien, nada, plus de vols, plus d'hôtels, razzia du monde entier sur le Japon. Et puis, dans un deuxième temps, vous ajouterez que l'Inde, en revanche, normalement c'est complet aussi, mais quelle chance, il reste un séjour de dernière minute. C'est important vous comprenez ? Je dois aller en Inde. Pour vous la faire brève, je n'ai pas pleuré quand ma mère est morte parce que je ne pouvais pas, j'étais enceinte, vous comprenez ? je n'ai pas eu le temps d'être triste, ni le droit, mais là je me suis mariée, mes enfants sont grands, plus grands que moi d'ailleurs, et je cherche ma mère, je suis obsédée par ma mère, elle me manque comme une jambe en moins, ou un œil, ah pardon ! comment ? vous ? je ne savais pas, je suis désolée, alors une case en moins, ça vous va ? elle me manque atrocement, quoi, et je sens que c'est en Inde que… Et puis qu'est-ce que ça peut vous faire qu'on aille à Tokyo ou à Calcutta ? Ou à Vaulx-en-Velin si on a envie ? Je vous parle poliment monsieur et Vaulx-en-Velin c'est un exemple, je vous préviens simplement qu'on n'ira pas au Japon, vous m'emmerdez tous avec le Japon, y en a marre du Japon, à tout à l'heure monsieur.

L'ennui c'est qu'on ne peut pas changer d'agence de voyages car c'est dans celle-là que la cagnotte a été organisée. Quand on arrive, avec Pablo, on se fait la tête. On ne se regarde pas. Dans le canapé où on nous fait patienter je tourne ostensiblement le dos au poster plein de reproches : « De Tokyo à Kyoto, vos souvenirs n'attendent que vous ». Pablo fait un avion avec un dépliant qui dit « Du Taj Mahal à Jaipur : laissez-vous envoûter ». Une personne aimable vient nous chercher, mais certainement, mais je vous en prie, que puis-je faire pour vous être agréable. Eh bien nous hésitons grandement, je dis. Pablo tousse une phrase avec le mot Japon dedans. Échange de regards assassins. Arrête d'être butée. Ne sois pas si têtu, tu es relou, tu as les mêmes goûts que tout le monde, finalement je ne veux plus me marier, moi non plus, cause toujours, j'en ai marre.

Sur quoi, providence. L'agent de voyages qui avait mal pris que maman me manque comme un œil en moins explique, hélas, chers madame et monsieur, si je peux me permettre, la saison des pluies au Japon, appelée *tsuyu* (梅雨), se produit généralement de début juin à mi-juillet, c'est-à-dire au moment précis de votre voyage, et pendant cette période, croyez bien que je le regrette, le pays est impraticable, spécialement dans les régions centrales et méridionales, c'est la raison pour laquelle, chère madame, cher monsieur, je vous invite à considérer les autres options qui s'offrent à vous. Avez-vous eu l'opportunité de feuilleter notre catalogue en ligne ? Je jurerais (mais à qui ?) que le monsieur m'a adressé un clin d'œil (de son œil valide).

*

Ça s'est vraiment aggravé, cette folie de tout le temps buter sur maman, à l'enterrement de notre vie de fille et de garçon. C'est une surprise de nos amis, départ de chez nous, en fanfare (pour de vrai), minibus, Orly, Lisbonne. Je sais bien que c'est insupportable, mais je n'arrête pas de pleurer dans le minibus. Tout le monde chante et je n'arrête pas de pleurer. Ça me fait flipper de quitter Paris trois jours et de laisser les enfants (qui sont, eux, bien contents de passer un week-end tranquille chez leurs copains.)

C'est dans l'avion que maman est apparue : un rayon de soleil, passé par le hublot, venu me caresser le visage. Et maman me murmure (ce n'est pas un conseil, c'est un ordre et pourtant maman ne m'a jamais donné d'ordre de sa vie) sois légère, mon Minou, sois légère. Il n'y a pas plus éloigné de maman que ces histoires de mariage, ce truc ringardissime d'enterrement de vie de fille et de garçon. Et pourtant elle est là, avec moi, à me chuchoter légère, sois légère, tu embêtes tout le monde, c'est ridicule. Elle en a de bonnes. J'ai un orteil cassé net il y a un mois, j'ai la radio, je l'ai postée sur Instagram, c'est incontestable et incontesté, je voulais déplacer la date du mariage, l'annuler. Une copine qui ne doit pas en être vraiment une m'a dit c'est clair, c'est ce mariage qui te casse les pieds. En plus, se marier en Ugg ou en Crocs taille 43, ça ne me faisait pas précisément rigoler. Et voilà que là, dans l'avion, maman m'apparaît et me dit sois légère. Et ça commence à marcher, si je peux me permettre ce jeu de mots un peu lourd. À Lisbonne, sur les pavés, je boitille, mais on me porte dans les pentes, c'est cool, c'est marrant, j'enlève ma chaussette au restaurant pour montrer aux copains, aux serveurs, à tout le monde, l'enflure de l'orteil sous le cataplasme d'argile verte, je saigne abondamment du nez à force d'avoir pleuré et de m'être trop mouchée. Mais maman ne me quitte plus, djinn sur mon épaule, dibbouk, petit fantôme, je t'assure, elle me dit, ce n'est pas grave, qu'est-ce que ça peut faire un nez qui saigne, tu n'as qu'à entortiller le coton de manière un peu mignonne dans la narine. J'essaye. Je cherche des tutos sur Google. Il y a des tutos pour tout. Comment mettre un suppositoire ?

Comment survivre à une apocalypse ? Komen réusir le bac san travaillé ? ressembler à Angelina Jolie ? vomir le plus confortablement possible ? Pour le tortillon de nez, je choisis l'option tulipe : mouchoir qui s'évase en sortant de la narine. Oui, je saigne du nez mais c'est pas grave, je précise maintenant en souriant de toute ma nouvelle légèreté et tant pis si quand je ris les extrémités du tortillon qui me sortent par les trous de nez se collent à mes dents. Légère, légère, la fête est belle, le week-end est formidable, les amis ont dépensé des mille et des cents, on chante dans les rues, on crie, on a huit ans et demi, pas gâcher la fête, pas gâcher la fête, c'est la fête des copains, c'est la fête de Pablo de retour dans la ville de son enfance, c'est la fête d'avant le mariage, c'est le mariage.

Je change le mouchoir en marchant avec légèreté malgré l'orteil qui enfle, malgré maman qui devient un peu lourde sur mon épaule, mon dos, ma nuque, c'est bon, maman, j'ai compris, légèreté, légèreté, on ne peut pas être plus légère.

La dernière nuit, après le départ des amis, Pablo et moi sommes invités à dormir à l'ambassade. Je m'extasie sur tout, la salle de bains, les peignoirs brodés, les plafonds sculptés, la table de pierre du bon roi Sébastien. Pablo est fier, c'est sa ville natale, il est l'invité d'honneur du festival du film, il est content, on est contents, on est fous d'excitation, la suite est tellement grande, c'est un appartement, on va dormir dans le même lit que Mitterrand ! me dit Pablo, et de Gaulle ! et René Coty ! Il n'en finit plus de me dérouler sa liste. Regarde, je dis, pour ne pas être en reste de bonne humeur, je suis sûre que je suis la première à réussir ça dans cette chambre, et je fais la roue, puis une galipette, puis un saut, le couloir est immense, je suis essoufflée, j'ai mal au pied, l'orteil va encore enfler, tant pis, Pablo rit, puis s'arrête net et me considère gravement. Il a quelque chose à dire ou à demander, il hésite, et puis se lance : chérie, à tout hasard, tu n'aurais pas l'intention de voler des trucs ? Voler ? Moi ? Je devrais être mortifiée. Alors je prends un air mortifié qui le déride car je suis une très mauvaise comédienne. Mais il a raison, il n'y a pas beaucoup d'hôtels ou de restaurants où je n'ai pas piqué un cendrier, une cuillère, une ampoule.

J'ai pris très tôt l'habitude de voler des choses pour maman. Je volais des cuillères dans les cafés. Je volais chez moi, des blinis, des œufs de saumon, une bouteille d'huile d'olive, je cachais tout sous mon lit, je faisais des réserves pour le prochain week-end avec maman et parfois le week-end n'arrivait pas tout de suite alors la crème fraîche d'Isigny pourrissait, les blinis moisissaient, les fruits ramollissaient. Plus tard j'ai volé des salières, des verres, des petites choses qu'elle ne me demandait pas mais qu'elle ne refusait pas non plus, elle riait, j'aurais volé n'importe quoi pour la voir rire. Hop, prestidigitation, je sortais un saucisson de la poche de ma doudoune, et une tasse à thé de mon cartable, et maman était charmée. Maintenant qu'elle est morte je continue, le pli est pris, je vole des choses pour elle dans les lieux publics ou dans les restaurants, des cendriers, des oiseaux empaillés, une lampe, je me vole moi-même, du Cailar à Paris, de Paris au Cailar. Je ne vole que des choses qui, jusqu'à présent, m'ont valu des ennuis très modérés, et jamais chez les amis, ni là, à l'ambassade de France à Lisbonne, la dernière nuit de l'enterrement de notre vie de fille et de garçon, c'est dit, promis de chez promis, je sais aussi me tenir et tenir mes promesses, le plus important c'est que Pablo ne soit pas déçu de notre enterrement, qu'il ait toujours envie de se marier avec moi.

C'est la première fois, et peut-être l'unique fois, que maman me sauve un week-end, un enterrement, un mariage. Merci maman. Merci. C'est après, plus tard, que maman a cessé d'être légère et m'a tirée vers le bas, vers le centre de la Terre.

*

Au moment de l'agence de voyages, j'avais un autre souci, mais je ne pouvais pas le dire à Pablo. Certains jours, j'ai l'impression d'avoir déjà vécu tant de choses, pas des choses très intéressantes, mais ça me va, ça me suffit. J'ai échappé à la schizophrénie, à la folie, à la toxicomanie aggravée, au retrait de l'autorité parentale, alors je considère que le reste, c'est du superflu, du rab, du dessert, vouloir vivre plus serait idiot, alors voyage de noces d'accord, mais j'ai pas envie de courir au bout du monde, pourquoi pas à Paris ?

On est si bien à Paris, les jours s'ajoutent aux jours, dociles. Les anniversaires sont cousus les uns aux autres. Les devoirs des enfants s'empilent, leurs comptines deviennent des devoirs sur table, les pédiatres se changent en gynécos, les copains en petits copains, les dents de lait en dents de sagesse, c'est le même plan, le même ruban, les mêmes enfants toujours enfants, la même douceur sans heurts, sans départs, sans abandons, sans fracas, je laisse aux autres la grande vie, les grands voyages et les fièvres, je vous laisse les surprises, les grandes découvertes, les expériences, la vie dissipée, les décors de tragédie, je vous laisse tout ça, j'ai déjà donné, j'ai déjà perdu, je veux une vie bien barbante, j'aime cette paralysie à l'intérieur de moi, ne pas avancer, ne pas réfléchir, ne pas voir les gens vieillir et, s'il vous plaît, que plus personne ne meure jamais. Donc Portugal, ambassade, laisser les enfants, Pessoa, azulejos, saudade et, après, le voyage de noces, non non, j'ai pas envie, j'ai changé d'avis, n'insiste pas, vraiment. Finalement ça a été oui. On a eu voyage et voyage. Et Pablo, comme d'habitude, a eu raison : c'était gai.

*

Le pire, ç'a été à la descente de l'avion, à Delhi, j'ai eu une trouille terrible, la sensation d'aller vers un piège, un vertige. C'est notre lune de miel, je me disais, on est heureux, grâce à la cagnotte Leetchi on a plein de sous entièrement convertis en bons pour des vols intérieurs, des hôtels, des guides, des serviettes de bain enroulées en forme de cygne sur les lits, des pétales de rose dans nos lavabos, des séances de yoga Bikram, des chauffeurs bilingues, des visites en veux-tu en voilà, ça ne peut pas mal se passer. Mais c'est comme ça. Je me sens mal.

C'est un retour, je me dis. Un pèlerinage. Je répète, et je répète encore, qu'un fœtus n'est pas un enfant. Mais je sais aussi que quelque chose en moi se souvient de l'Inde, et que c'est là que je vais me rappeler, comprendre, savoir, mettre le passé au clair et au carré, guérir – et peut-être aussi souffrir.

On a menti aux enfants à cause de la taxe carbone. On a dit qu'on allait sillonner l'Inde à pied, avec bâtons, sans bâtons, marche nordique, trek, comme au Népal et au Bhoutan, comme au Sikkim, marche pleine conscience, des activités que je ne connais pas, mais ils nous ont crus, c'est formidable.

L'empreinte carbone, je suis trop vieille et trop butée pour changer de vision du monde : quand j'étais petite, l'écologie ça voulait dire le retour à la terre, le fascisme, la terre elle ne ment pas, l'hygiénisme, c'était pas cool du tout, pas une vertu. Mais je suis fière que les enfants y croient, soient impliqués. Et je ne suis pas mécontente, aussi, de les duper un peu.

J'ai acheté *Fous de l'Inde*, qui explique bien les écueils à éviter : ne pas prendre de drogues, okay. Prévoir tout ce qu'il faut contre les gangrènes, le choléra, les dysenteries, les délires avec hallucination, les morsures, les gastros, les infections ophtalmiques, la dengue, le paludisme, l'hépatite A et E, la fièvre typhoïde, la leishmaniose et le chikungunya : une valise en plus, donc. Dans l'avion je suis heureuse, Pablo me montre tout ce qu'il a déjà coché dans les guides. Mais moi je me remets à pleurer, en silence, comme une idiote, sans le montrer, en voyant le visage de mes enfants, dans la nuit, qui se superpose à celui de maman et grandit à travers le hublot.

*

Je n'avais pas prévu d'avoir un enfant. Ni deux. Ça tombe toujours mal, finalement, un enfant. Je suis, moi, entre ashram et hôtels borgnes de Calcutta, pas tombée si bien que ça. Alors eux, c'était pareil. Comment j'allais pouvoir être une mère ? et une mère comme les autres ? Qui décide, qui choisit, qui règle et protège ? comment pourrais-je rassurer qui que ce soit alors que je suis un bloc de peur et d'anxiété ? Je n'ai plus peur pour maman, mais j'ai, à la place, peur pour papa, pour Pablo et j'aurai, c'est sûr, follement peur pour eux quand ils seront là, les enfants.

Et c'est ce qui s'est passé. Géolocalisation frénétique, prise de température pathologique, chaque maladie comme une transmission génétique et réactivation du cancer de maman, la sortie de l'école, chaque quart d'heure de retard, et la rue à traverser, et si l'ascenseur s'effondrait entre deux étages, et le bizutage à la récré, et les immenses petits chagrins. En même temps, quand ils disent maman, quand leur bouche s'arrondit en un maman comme un baiser, ou même quand ils disent maman arrête, ou, par texto, maman émoji cœur cœur laisse-moi tranquille, maman maman, encore émoji cœur, c'est fou comme ce mot est doux, je n'avais pas imaginé cette douceur, cette caresse, c'est pas un mot qui s'étrangle dans la gorge, c'est pas un mot d'inquiétude, d'angoisse ou de crampe, maman où es-tu, maman tu me manques, c'est un mot qui bat comme un cœur, un deuxième cœur dans le cœur, un troisième cœur dans la tête, eux les enfants, moi la mère, moi la mère, moi la mère, Moilamère, et je pleure à l'intérieur pour ne pas leur faire peur (a-t-on vu une mère pleurer dès qu'on lui dit maman ?).

Je le mesure encore mieux, maintenant que j'en ai, des enfants, que mon enfance m'a manqué, mais est-ce que c'est si grave que ça d'avoir loupé les goûters d'anniversaire, les promenades au parc, termine ton assiette, tu as une petite mine, file faire tes devoirs, pense aux petits Indiens qui ont faim. En tout cas, là, bêtement, dans l'avion, je pleure. Est-ce que je pleure à cause des enfants que j'ai quittés ou de l'enfance que je n'ai pas eue ? Je ne sais pas. Mais je pleure. Et pour une fois que j'ai mis du mascara, ça doit faire des petits pâtés jusqu'au menton, heureusement que Pablo s'est endormi.

*

Dès notre arrivée bien sûr on les appelle. Au téléphone, ils sont si loin, un peu chafouins – est-ce qu'ils nous en veulent déjà de les avoir laissés ? comment leur dire que c'est leur grand-mère que je suis partie chercher, au bout du monde, comme un trésor ? que c'est pour eux aussi que je suis là, c'est leur histoire et c'est eux aussi que je dois délivrer de tout ça ?

Pablo me passe Angèle, petite voix, elle trouve que c'est le bon moment pour tomber malade. Qu'est-ce que tu as mon cœur ? Je suis enrhumée. C'est notre voyage de noces, merde, me chuchote Pablo, on est à douze mille kilomètres ! Il reprend le téléphone, bon, Angèle tu as dix-sept ans, tu vas soigner ce rhume, et je te rappelle que tu as la chance de partir à New York avec ton grand-père, New York, tu te rends compte ? et toi, Paul, mon chéri, c'est quoi, cette voix boudeuse ? je croyais que tu étais content d'aller chez tes cousins ? Mais Angèle tousse et tousse encore, et j'entends claquer la porte de la chambre de Paul. Je veux rentrer à Paris, je dis après avoir raccroché. Je veux rentrer, je dois rentrer, je ne suis pas le genre de mère à abandonner sa fille malade, et notre fils nous cache quelque chose, c'est pas normal cette mauvaise humeur, ça va pas. Je cherche les vols pour Paris. Pablo tourne en rond, comme un lion, dans la chambre. Les enfants vont bien, très bien, TRÈS bien, il martèle. On ne va pas tout foutre en l'air pour des maladies imaginaires, même pour eux c'est pas bon, le message que tu leur envoies est nul. Mais je ne sais pas, je ne sais plus, je suis en colère, je nous en veux d'être partis, on a quitté le navire, je dis, déserté, ils le savent, c'est pas bien. Comme je ne veux pas pleurer, je peste contre l'Inde, la France, les voyages de noces, les cagnottes, les agences de voyages qui vous vendent n'importent quoi, les parents indignes et les enfants terribles. Pablo a l'air fatigué. Il se prend le visage dans les mains. Il le frotte un peu, pour se calmer. Il demande si je veux mon thé chai avec ou sans lait, si la chambre me plaît, s'il peut me faire couler un bain, si j'ai remarqué que le chauffeur avait les dents rouges. Il pense qu'il faut juste attendre. Dans quelques heures je serai redevenue normale et la crise sera passée. Sauf que depuis l'enterrement de vie de vieille fille et de vieux garçon, il y a un truc bizarre. Non seulement je veux retrouver ce que maman a fait ou n'a pas fait, mais j'ai l'impression qu'elle est en moi, qu'elle pense en moi, qu'elle complique tout et cherche querelle à tout le monde, qu'elle me chuchote une ligne de conduite, quoi faire et ne pas faire. Mais là, bonne pioche ! Comme dans l'avion pour le Portugal ! Légèreté, légèreté, elle me dit. C'est bon, tu restes. On reste, je murmure à Pablo.

*

Pablo déteste la mélancolie. Alors, il la conjure. Il ne prend pas le risque et la met bien à distance. Il se couche tôt le dimanche soir, par exemple, même en plein mois d'août, sous prétexte que le lendemain c'est lundi et qu'il faut être en forme le lundi. Ses seuls débordements c'est pour rire, pour travailler, pour jouer, puisqu'il est acteur, et ça tombe bien, c'est ça qui m'a manqué : jouer.

Alors, Pablo remet le monde en ordre. Il devient simple, le monde, si simple, comment n'ai-je pas vu qu'il était si simple et si bien rangé, Pablo m'arrache au flou, à l'à-peu-près, au je ne sais pas, au chaos, au sommeil maladif, au dégoût des choses. Tristesse, tu mens. Adieu, tristesse. Pablo et moi, gonflés à bloc.

Mais là, il m'a prévenue : la misère, la mendicité, ce n'est pas un jeu, ce n'est pas une blague. Tu entends, Justine ? Pas une blague. Il ne dit pas chérie, ni mon cœur, il dit Justine, preuve que c'est du sérieux, qu'on est dans l'état civil, dans le dur. Je te demande, solennellement, parce que tout le monde m'a mis en garde, c'est dans les guides, les films, les romans : ne donne pas, comme à Paris, des pièces aux SDF.

Ici, c'est autre chose, il dit encore. On va prendre des stylos. C'est ce que tout le monde fait, des stylos de toutes les couleurs, les enfants adorent ça, c'est un encouragement à aller à l'école, et des cahiers, regarde, je suis allé, chez Gibert Jeune, acheter des tonnes de cahiers et des stylos quatre couleurs, j'en ai une pleine valise, ça ne crée pas de mouvement de foule et personne ne va piétiner personne. Je sais que Pablo a raison. J'ai confiance en lui. Mais en sortant de l'aéroport, sur la route saturée de monde, les enfants ne veulent pas des stylos et des cahiers qu'on leur glisse, au feu rouge, par la fenêtre à peine entrouverte de notre voiture de luxe avec chauffeur. Rien à battre de nos stylos.

Au diable, les cahiers. Je remonte la vitre, vite, honteuse, et je regarde droit devant moi, ne pas voir les petites filles qui tapent sur la vitre avec les stylos qu'elles veulent nous rendre, la vieille dame aux yeux vides assise sur le trottoir, le bébé enveloppé dans un tissu, les rickshaws sur la route défoncée – mais est-ce moi qui ne veux pas voir ? ou maman, déjà là, et ses faux souvenirs ?

Avant que la voiture ne redémarre, j'attire l'attention de Pablo sur un truc tombé sous le siège, il se baisse gentiment, j'entrouvre à nouveau et, cette fois, je glisse un billet. Mais le chauffeur m'a chopée, regard furieux dans le rétroviseur, il désapprouve, ça ne se fait pas de berner son mari, je me dis de quoi il se mêle celui-là et, en même temps, j'ai peur pour mon karma et peur de la colère des dieux indiens. Le chauffeur redémarre en trombe, un mini-Krishna à ressort sautille sur la plage avant de la voiture, l'enfant a empoché le billet et tape maintenant sur la vitre d'une autre voiture, peut-être qu'il tombera à nouveau sur une petite conne occidentale qui découvre la misère du monde. Maman, même si elle n'avait rien, donnait quand même ce rien. Elle donnait tout. Ses principes, ses colères, sa chemise. Maman prenait aussi, bien sûr. Elle prenait et elle abandonnait, elle perdait, elle quittait, elle vous jetait comme un manteau ou un amant décevant. Mais je pense que là, en Inde, quand a surgi devant elle ce même essaim d'enfants elle a tout donné, ses sourires gracieux, ses regards qui n'existent que dans les romans, son argent. Je suis fière (d'elle). Et j'ai honte (de moi).

*

J'ai toujours une photo d'elle avec moi. Elle est jeune pour toujours. Mélancolique pour toujours. Figée dans un instant mort pour toujours. Je n'ai pas assez de photos d'elle, et quasi pas de traces de notre brève vie ensemble. C'est pour ça que je persécute Pablo et les enfants avec mon téléphone. Une jolie lumière hop photo. Un nouveau vêtement hop vidéo. Je filme en douce, en faisant semblant d'envoyer un texto ou de faire un selfie. Maman, grondent les enfants, on t'a cramée, on voit bien que tu es en train de nous filmer. Mais ils sont gentils. Ils ont compris. Ils savent que c'est comme un tic, un toc, maman veut tout garder, tout emmagasiner, et si on l'en empêche elle fait la gueule, alors ils tolèrent, ils s'habituent et savent que c'est une habitude de grande brûlée de la mémoire.

Ici, en Inde, c'est pareil, je filme la route, Bombay, Jodhpur, des heures et des heures de route, des houles de gens, des ombres qui montent et disparaissent, l'eau verte d'une rivière dégueulasse, une nuée grise irisée d'argent, une autre vieille dame pliée en deux sur un bâton et nous dans notre Mercedes comprise dans le forfait – et Pablo me dit tout le temps qu'il a l'impression d'être Loana dans le Loft.

On nous avait dit c'est la grande puissance qui monte, la Chine en mieux, elle aura dépassé les États-Unis dans trente ans. Mais non. C'est un pays où on bute encore, tout le temps, comme au temps de maman, sur la misère et la honte. On devrait, mais on ne s'habitue pas aux pyramides d'enfants accroupis sur les marches des temples, aux longs trottoirs défoncés, aux tas de gravats où fouillent des armées de mendiants. Ils ont l'air fébriles et dans l'attente, mais de quoi ? Certains chassent consciencieusement les mouches. D'autres, stoïques ou lassés, les laissent butiner leur œil croûteux. Des enfants jouent dans les détritus. Ont-ils épuisé leur capital révolte comme les vieilles dames trop bronzées, sur la plage d'Antibes où m'emmenait ma Nanée leur capital soleil ? Et nous on passe sans oser vraiment regarder ce monsieur les bras en croix, cet autre qui frissonne de froid dans la chaleur, cet autre la peau sur les os et les yeux en extase, on passe vite, très vite, et on rentre dans notre hôtel très cher où des doormen en costume d'apparat, tout en courbettes, nous accueillent, transpirants dans nos vêtements hors de prix cent pour cent lin, made in ici.

*

Parfois, le soleil nous fait croire que tout est beau, les bracelets brillent aux poignets des femmes, des anneaux scintillent comme aux chevilles des reines mortes, alors je me fais avoir, et je ressors mon téléphone.

Aujourd'hui, notre guide nous a emmenés dans une bijouterie, un endroit unique, *a very special place*, où un artisan concentré et accroupi dans un amas de ferraille manie chalumeau et polissoir. Maman avait des bijoux comme ça. J'entends, à son poignet, la même sonnaille turquoise. Alors, je m'intéresse, on négocie, le marchand note des chiffres sur un calepin, sort sa calculatrice, nous embobine, c'est hyper cher, une grande part de notre budget honeymoon, mais la clim s'est arrêtée, le guide s'impatiente, le bijoutier s'agace et, surtout, maman est là, derrière moi, jeune fille blanche dans un sari, c'est bon, Minou, ne discute plus, ça t'ira bien. Alors, je dis à Pablo il est hors de question de partir sans rien acheter, les pierres sont jolies, elles brillent, elles ont l'air vrai, qu'est-ce qu'on y connaît. Il en mord une pour vérifier. Il ne vérifie rien. Il a compris. Allez, on paye. Carte bleue. Prier pour que l'autorisation soit refusée, *oh, too bad, so so sorry*, mais non, tant pis, tant mieux. On s'est fait arnaquer comme il se doit. Les bagues sont trop petites. On ne les mettra jamais. Mais c'est la décision de maman.

Était-elle, maman, du genre à se faire avoir ? En même temps, non. Elle penchait plutôt de l'autre côté, celui des détrousseurs de touristes idiots, condescendants, partout chez eux, merci d'être pauvres pour nous permettre d'être généreux. Elle cherchait le rayon vert, l'or du temps, les lieux capricieux, les lumières orageuses, l'ivresse de tout, les grèves générales, le renversement de toutes les puissances, pas des bagues.

*

Qu'aurait fait maman ? Qu'est-ce que maman a fait ? Il n'y a que ça qui m'intéresse. Elle voyageait en stop, ça, c'est sûr, pas de cagnotte Leetchi, pas de voiture, mais elle a vu le même paysage, les parents des mêmes vieilles personnes courbées sur leur bâton. Il n'y avait peut-être pas encore ce linceul de pollution qui nous enferme avec Pablo. Maman devait être toute bronzée, toute dorée, alors que moi j'ai le visage enflammé d'eczéma.

Elle n'a pas dû croiser non plus ces touristes sac à dos à l'envers sur le ventre pour éviter les pick-pockets. Ils ne donnent jamais rien à personne parce que les enfants, si on leur file de l'argent, on sait très bien qu'ils vont aller s'acheter du crack et nous on ne veut pas, ah ça non, on est contre, en plus c'est souvent des faux éclopés, des faux aveugles, des faux pauvres si ça se trouve, à nous on ne la fait pas. Mais, pour le reste, ça devait ressembler à ça.

*

À Pondichéry, la vie est plus légère qu'au Rajasthan, plus prospère, aucun enfant ne fait la manche, la mer elle-même a l'air tranquille. Mais il y a quelque chose de faux, carton-pâte, maman n'a pas dû aimer. Moi, ça me va. Je suis tellement le contraire de maman, finalement. Je photographie toutes les vaches que je croise, leurs yeux tendres, les chiens qui bâillent dans les venelles, peut-être qu'ils cherchent maman eux aussi, ou leur mère en tout cas, comme tout le monde. Avec Pablo on marche au même rythme, il règle ses pas sur les miens et moi sur ceux de maman, ses jambes, mes jambes, nos jambes, nos rires, le mien, très fort, insupportable, le sien, magnifique, tête en arrière, tout en canines, animal, Jack Nicholson jeune. Est-ce qu'il a tout compris de ce qui m'appelle ? Pourquoi je m'arrête devant ce jardin solennel ? Cette enseigne aux jambages effacés à la devanture d'un vieux bar à thé ? Mais non. Mais si. Je ne me souviens plus tout à coup. J'ai un trou. Qu'est-ce que papa m'a dit ? Maman est-elle venue, ou non, à Pondichéry ?

*

Je pensais que c'était un pays où on se sent tout petit dans l'immensité des choses. Pas du tout. Tout le monde me regarde tout le temps. Des gens bien plus intéressants que moi veulent tous faire des selfies avec moi. Je n'aime pas. Ça me gêne. Je ne suis pas Brad Pitt. Ni maman. Ou alors, d'accord. Mais à une condition. Sachez que maman m'accompagne, qu'elle est là, avec moi, dans l'ombre, même au soleil. Alors là, oui, je prends la pose et je fais la gracieuse, un câlin à l'enfant, un sourire à la grand-mère, ah on recommence avec la cousine, *cheese, thank you, bye*, ça me va si maman est là, si c'est elle et pas moi qui vous intéresse.

C'était comme ça dans le train-couchettes pour Rennes. Les dames sévères qui chuchotaient et se collaient à leur mari quand le mari la regardait trop. Le contrôleur qui disait allez, ce n'est pas grave si vous n'avez pas de billet, pour cette fois en tout cas, mais je vous invite à prendre un verre. Les flics qu'un voisin avait appelés pour je ne sais quelle raison et qui étaient si charmés qu'ils restaient fumer une cigarette, et un café, oui, pourquoi pas, mais pas d'alcool, jamais pendant le service, mais ils auraient bien aimé. Alors l'Inde, ça n'a pas dû beaucoup la changer. Je fais de mon mieux pour voir ce qu'elle a vu, sentir comme elle a senti, réagir comme elle a réagi et imaginer comme on la considérait.

*

En même temps, je sais si peu de choses, des indices, des souvenirs reconstitués, une correspondance avec papa, entre Dacca et Calcutta, puis entre Dacca et Paris, sur un drôle de papier bible qu'ils pliaient en deux, l'enveloppe faisant lettre, un jour je suis tombée dessus, mais tout ça est, depuis longtemps, enfermé dans un coffre de papa.

*

Vous n'avez jamais entendu parler d'Auroville ? Ce « lieu d'une vie communautaire universelle, où hommes et femmes apprennent à vivre en paix, dans une parfaite harmonie au-delà de toute croyance, opinion et nationalité » ?

C'est tout à fait le genre de prêchi-prêcha auquel maman a dû croire qu'elle croyait. Elle a dû chercher l'harmonie céleste, les couleurs secrètes de la terre, le bleu de la neige, le blanc et le rouge du ciel, les bambous devenus serpents et l'inverse.

Alors, on y va. C'était dans le programme de l'agence de voyages spéciale voyage de noces et on ne peut pas y échapper. Mais, en plus, je soupçonne maman de s'être intéressée, avant le temps du tourisme, à ce type d'endroit.

Il n'y a pas vraiment d'entrée. Les Aurovilliens qu'on croise sont tous blancs, tous pressés, et les seuls Indiens sont ceux qui balayent ou portent des sacs de ciment. Les deux mondes ne se regardent pas, s'évitent, chacun sa place, chacun son rôle. Notre rôle à nous, aujourd'hui, c'est fourmis visiteuses.

La directrice nous reçoit, dans un bâtiment en préfabriqué, autour d'un thé tiède. Un claquement de doigts. Un sbire. Un grand écran déroulé sur lequel défile un film publicitaire, *Welcome to Auroville*. Puis, on nous sort, robotiques, tête qui tourne (qu'est-ce qu'il y avait dans le thé ?), on nous trimballe entre les panneaux fléchés, par ici la crèche, par là la poste, l'hôpital, le centre technologique, la bibliothèque, au trot, au galop, et le Pavillon de l'Amour entre les Peuples, et la Chambre du Progrès constant, et le Jardin de la Perfection et de la Félicité, et le Sanctuaire du Passé et de l'Avenir et, là-bas, vous voyez ? le Parc de l'Unité où nous irons une prochaine fois. Et la boutique souvenirs, bien sûr, où vous serez invités à passer tout à l'heure. Mais pour l'instant, le clou du clou : le Matrimandir, « le ventre de la mère ».

C'est une énorme sphère gravide, mais aussi un vaisseau spatial, ou peut-être un œuf géant, couvé par le ciel. En tout cas c'est l'âme de la ville, majestueuse, mordorée, je suis très impressionnée, tout fait sens, maman est vraiment là, c'est encore plus son truc que je ne le pensais, elle nous guide, j'étais paralysée et je me sens, tout à coup, libérée. Je ne vais pas dire ça comme ça à Pablo, il va me prendre pour une illuminée. Je dis juste c'est intimidant, non ? Pablo est intimidé, oui. Le truc est là pour ça, en mettre plein la vue. Bon. On est intimidés, mais contents.

Faire la queue. Se déchausser. Maman, si elle est venue, n'a dû ni faire la queue ni se déchausser. Mais je ne suis pas maman. Et je me fonds donc dans le flot des touristes fayots déjà pieds nus, sacs à dos, saris, gourdes, Allemands, Suédois, Mexicains, et puis des dizaines de fidèles en orange, yeux confits de béatitude et de méditation, pas là pour rire.

L'un d'eux s'est peint une svastika sur le visage, wow, pas envie de rire non plus, même si je sais bien qu'en Inde les svastikas blablabla-bla. Maman n'aurait pas été d'accord. Elle aurait protesté, discuté, pinaillé sur les svastikas. Quand même, Inde ou pas, c'est une svastika. Moi j'ose pas. Le garde, de toute façon, ne nous lâche pas. Nos téléphones, en plus, ont été confisqués (et si les enfants m'appellent ? j'ai essayé de protester, mais mon anglais est vraiment pourri, ou alors le motif n'a pas semblé suffisant).

Chut. Interdiction de parler. Distribution de chaussettes. Une dame, sans doute la cheftaine, air méchant, yeux fureteurs, fusille du regard une malheureuse qui a osé demander où étaient les toilettes et elle lève un doigt de Jugement dernier pour nous ordonner d'enfiler nos chaussettes. Comme ça, non, comme ci, au-dessus du revers du pantalon. Elle insiste. On avance, toujours à la queue leu leu. Longs couloirs en colimaçon, blancs, nus, tête qui tourne, on arrive au centre du truc. C'est le ventre, elle dit. Un ventre énorme, silencieux, froid. J'attends la conscience supramentale promise dans le documentaire. Je me concentre. Pablo aussi. Ça va chérie ?

Silence, silence, pas l'autorisation de chuchoter, de tousser, de se moucher, de gargouiller, on doit rester là, debout, sans bouger, on ne nous dit pas combien de temps (neuf mois ?). C'est le ventre d'une mère okay, mais supérieure. Évidemment, mon corps se rebelle, roulements de tambour dans mon estomac, petite toux que je comprime et qui gratte, filet de sueur froide le long de mes omoplates mais heureusement ça ne fait pas de bruit, et les murs sournoisement courbes se mettent à se gondoler et à se moquer de nous, tremblement de mère, impression de tête qui éclate, Pablo est tout vert, lui aussi a l'air de se dire qu'est-ce que c'est que cette mère qui vous engueule et vous rend malade, les gens ont confondu, ils se sont fait avoir, c'est pas ça une mère, c'est une sorcière, je sais ce que c'est, une mère, c'est pas ça. Mais pour moi, ça va un peu mieux, car maman est là, elle est revenue, elle a resquillé, mais elle est revenue avec nous, dans le flot, le troupeau, et elle me rassure.

Quand on retrouve la directrice qui nous tend sèchement, presque à regret, comme si on ne les méritait pas et qu'on ne s'était pas assez bien tenus dans le ventre de la mère marâtre, un dépliant où on voit les fondateurs, la mère Aurobindo, tralala, et aussi un CD-Rom, et aussi un porte-clef, de l'encens, quand elle nous demande, un peu radoucie, si on veut bien revenir partager quelques semaines avec les Aurovilliens, là, c'est maman qui prend la parole, comme pour l'oral du bac quand elle a dit à papa, assis au fond de la salle, comme un élève lambda qui attend sagement son tour, allez, Bernard, on s'en va, cet examinateur est un cafard, et elle dit, enfin je dis, mais c'est elle, maman, qui parle à ma place, Pablo, c'est bon, on se tire.

*

Pourquoi les bébés ne naissent pas en riant, pourquoi ils hurlent, pourquoi on les oblige à respirer en leur tapant dans le dos, pourquoi cette terreur et cette colère, pourquoi commencer sa vie dans le sang, les déchirures, les larmes ? Est-ce que c'est d'être séparés de leur mère ? est-ce que ça ne devrait pas être une bonne chose de quitter sa mère et d'en être expulsé ? est-ce qu'on ne devrait pas expliquer aussi aux mères que ce n'est pas un tel arrachement que ça, faites du bien à vos enfants, laissez-les croire que leur naissance est une libération, gagnez du temps, gagnons la vie, partons du bon pied, naissons dans la douceur et pas dans la douleur ? si j'étais scientifique j'essayerais de changer ça, qu'on sache tout de suite vivre sans sa mère, moi je n'ai pas pu et je continue de ne pas pouvoir, tous les jours, même au bout du monde, même ici.

*

On est repartis sur les routes. Décalage horaire, fatigue, toujours la culpabilité d'avoir laissé les enfants, (ce ne sont pas des enfants, me dit mon amie Anneso auprès de qui je me lamente sur WhatsApp, ils ont treize et dix-sept ans, ils sont plus adultes que toi), l'hôtel est trop beau, je n'arrive pas à dormir, j'entends la mer, dehors, qui pleure aussi, je ne comprends pas. Je pensais trouver maman. J'ai cru l'avoir trouvée. Mais là, non. C'est comme si c'était fini. Je ne vois plus que son absence, un grand silence dans le bruit de l'Inde. Elle est devenue trop grande, l'Inde, beaucoup trop grande pour elle et moi. Peut-être que c'est vrai, à la fin, leurs histoires sur l'Inde-qui-a-changé-et-qui-est-devenue-la-grande-puissance-de-demain ?

Il ne nous plaît pas, ce nouvel hôtel, trop chaîne, trop hommes d'affaires en congrès, trop touristes étalés au bord de la piscine, terrassés par leurs nuits de chiasse. Il est vraiment dégueulasse cet hôtel, me confirme le fantôme de maman, elle fait la moue, alors je fais la moue aussi, la même moue, pourquoi tu fais ça ? demande Pablo, je ne sais pas, je dis, alors il rit, je ris, on rit tous les trois, maman, Pablo et moi. C'était une fausse alerte : maman est revenue.

*

On a décidé de ne plus prendre de petit déjeuner, on mange trop, c'est obscène. On l'a signalé à l'accueil, mais chaque matin, ding dang dong, room service. C'est comme l'infirmière du soir de maman, le triste dernier mois : on continuait de lui apporter les plateaux-repas alors qu'elle était nourrie par sonde. Est-ce que quelqu'un avait décidé d'ignorer les consignes ? ou est-ce qu'elle s'en fichait ? ou est-ce qu'elle nous narguait ?

Elle déposait le plateau et revenait le chercher, intact, une heure plus tard. Elle dodelinait, lèvres pincées, ce gâchis, cette patiente capricieuse, tss. Est-ce à cause de la méchante infirmière ? Parce qu'elle me fait toujours peur et que je la sens toujours un peu là ? J'engloutis finalement nos upmas, nos appams et nos puttus, devant Pablo étonné.

Pablo est content quand il a trouvé un livre qui lui plaît. Là c'est *Riot*, de Shashi Tharoor. Allongé sur le drap qui avait été tressé en forme d'éléphant mais qu'on a tout déformé, il commente un paragraphe, s'indigne, se lève, se rassied, proteste. Je n'écoute pas vraiment, je laisse sa voix m'emplir de gaieté, d'enthousiasme. Je n'écoutais jamais vraiment non plus ce que me disait maman. Ce qui comptait c'était, quand elle allait bien, avant les siestes hébétées, l'intention, l'intonation, la diction nette, le bourdonnement chaud dans les oreilles et le miracle de la vie qui était là.

*

Maintenant qu'on ne veut plus de guide, ça va mieux et maman est presque tout le temps avec nous. Apparition de maman au Monkey Temple au milieu de touristes américaines surexcitées.

Elles lancent des biscuits aux singes, les singes crient, des enfants en guenilles sortent de nulle part, se précipitent et disputent aux singes les miettes en criant encore plus fort. Surgissent les gardiens qui chassent les enfants, puis d'autres enfants qui crient après les gardiens. Tout le monde crie, on dirait des mégaphones, des barrissements, une maison de fous. Sauf maman, il n'y a qu'elle qui ne hurle pas, elle n'envoie pas de biscuits, elle converse, souriante, avec un monsieur enturbanné et se laisse chiper une cigarette par un chimpanzé. Ça la fait juste rire, et le monsieur aussi. Un grand rire ensoleillé, ses yeux gourmands, savourant l'instant, ses yeux sans cernes, scintillants, outragés mais pleins d'espoir, ses yeux d'avant.

En haut du temple, il y a un homme qui se contorsionne, bras et jambes inversés. Un autre qui se jette à plat ventre. Des dieux, tellement de dieux, des tas de dieux partout, avec des tas de bras et de têtes, et des trompes d'éléphants, et des prières toutes différentes, comment s'y retrouver, moi qui ne connais ni psaume ni Ave Maria, moi qui ne suis pas sûre de pouvoir dire Shabbat Shalom sans être ridicule ni de savoir faire le signe de croix, je trouve ça vertigineux, à devenir fou, trop, oui, trop de liberté, maman était déjà si libre, elle avait la religion de la liberté, ça ne lui a donc fait ni chaud ni froid, mais moi, sa fille indigne, ou trop digne, et trop sage, quel cauchemar.

Après, je réfléchis. Elle a sûrement dû, comme nous, se laisser bénir et marquer de rouge entre les sourcils. Comme nous, les touristes, elle a dû jouer le jeu. En général, elle était contre tout. Contre les valeurs capitalistes. Contre la mélancolie puritaine. Contre les villes et contre les campagnes. Contre la guerre et contre la paix. Contre l'église de Mordelles et les fils de bourgeois qui avaient fait un rodéo à moto, toute la nuit, autour de sa maison, en criant Mort aux Juifs, la première fois où papa a dormi chez les Doutreluigne. Contre la musique et contre l'absence de musique. Contre la vulgarité du monde et contre les poèmes trop poétiques. Contre les gens qui étaient pour et contre ceux qui étaient trop contre. Mais maman, ici, a dû s'adapter. Elle ne s'épongeait pas le visage à tout bout de champ. Elle ne se grattait pas jusqu'au sang une piqûre de moustique sur le nez. Elle se remettait, même en Inde, du rouge à lèvres sans miroir, à main levée, geste sûr, sans tremblé. Maman prenait une harde et elle s'en faisait une hermine, agrafe d'or, port de reine.

Moi, le rouge peint sur mon front a fondu sur mes tempes et mes joues. Je me vois, soudain, dans un miroir. Je sens que les gens se moquent de moi. Et j'en veux à Pablo. Tu n'es pas gentil, je lui dis, tu ne me regardes pas, tu ne m'aimes pas, tu ne m'as pas dit que j'étais grotesque. Lui ne me trouve absolument pas barbouillée, bien sûr qu'il me l'aurait dit, c'est charmant, je t'assure, t'es parano. Ah bon, alors pourquoi tu ris. Il ne rit pas, non, pas du tout, il pensait que j'avais étalé du fard exprès, pour faire joli, avoir bonne mine. Tu te moques de moi, je crie, je veux rentrer à Paris. Décidément, il dit, c'est une manie, je t'en prie, calme-toi. Je suis très calme, mais c'est chez elle ici, chez maman, je n'ai rien à y faire, c'est sa vie, sa mémoire, son humanité, son époque, ses colères, j'en ai marre, je m'en vais. Je cours dans la rue, je saute dans un taxi, *Bring me to the airport*. Mais ce n'est pas du tout un taxi, je me suis trompée, je ressors, Pablo me rattrape, chérie, chérie, tu es folle, on n'entre pas comme ça dans la voiture d'un inconnu, tu aurais pu te faire enlever ! Quoi ? j'ai dit. Folle ? C'est comme s'il avait dit tu es cannibale, ou tu es Émile Louis, ou Hitler. Les gens disent folle sans savoir. Ils ne savent pas ce que c'est que la folie, ils ne l'ont pas vue de près, elle ne plane pas au-dessus d'eux comme un aigle impatient et même lui, Pablo, n'a pas compris. Retire ça tout de suite, je dis. Il retire. Je ne suis pas folle. En effet, tu n'es pas folle. Même quand je me réveille, dring dring, et que je suis persuadée que c'est quelqu'un qui vient récupérer nos enfants, bonjour, on va les sauver de vous, les placer chez des parents corrects, et vous, zou, chez les fous, lit scellé au sol, pas de lacets, pas de visites, ouvrez la bouche et prenez votre médicament devant moi je vous prie ? Même là, en effet... Même là ! Il m'embrasse, tout va mieux.

*

Les hijras, vite, Pablo, viens vite, viens tout de suite, je veux les voir, leur parler, je veux qu'on leur dise qu'on les aime ! D'habitude les gens leur jettent des pierres, ou les voient comme des gangs, ou comme les descendants de la déesse Bahuchara Mata, ou se prosternent devant elles, ou leur demandent de bénir les mariages. Elles dansent et elles mendient. Elles agissent contre le mauvais œil. Elles arrêtent les voitures au feu rouge. Je suis sûre qu'avec leurs saris surbrodés, leurs épaules nues, leur maquillage sophistiqué, elles étaient les vraies copines de maman. La première hijra que j'ai vue de ma vie c'était sa gardienne d'immeuble, rue Cassette, elle s'appelait madame Zaza, elle était énorme, la transition n'avait pas bien fonctionné et elle gardait des poils immenses sur les bras. Elle me fascinait, avec ses chaussures à talons où les orteils dépassaient de cinq centimètres et ses yeux charbonneux. Maman l'aimait. Madame Zaza sera toujours là pour toi, elle me disait. Alors je me réfugiais parfois dans sa loge quand je rentrais de l'école et que maman avait oublié d'être là. Elle me donnait des courses à faire, tiens, petiote, rends-toi utile, va donc m'acheter des Dunhill rouge et garde la monnaie.

Les hijras ici sont beaucoup plus belles, fines, gracieuses que madame Zaza. La plus grande m'offre une médaille et, avant que je la prenne en photo, s'asperge de parfum et se voile, sous une gaze, la moitié du visage qui n'est pas encore tout à fait imberbe. Madame Zaza, rue Cassette, a cassé sa pipe un matin, les pompiers sont venus la chercher, il n'y avait personne à son enterrement, juste maman et moi.

*

Aujourd'hui, je suffoque. Comme dans la chambre d'hôpital de maman. Même la chaleur me fait penser à maman. Même l'air épais, chargé d'haleines. C'était la toute fin. Je venais d'apprendre que j'étais enceinte et, euphorique, idiote, autocentrée, je pensais que ça allait lui donner envie de lutter. Je couvrais bien maman, je la bordais et, quand elle était bien immobile, j'aérais. Mais on était en mars et le printemps, entré par la fenêtre, a réactivé un rhume des foins. Elle ne disait plus rien, elle ne réagissait plus à rien, elle n'ouvrait plus les yeux, mais elle éternuait en quintes, les mêmes éternuements étouffés qu'au temps de sa grande santé, des éternuements polis, mignons, et des petites larmes absurdes tremblant au bord de ses paupières qui ne s'ouvraient plus.

*

Quand Pablo a chopé un vilain microbe (*Sir ? What would you like to order ? Shrimp carpaccio !*) c'était la dernière semaine et un désastre abdominal. J'ai arrêté de manger, par solidarité, mais aussi par soulagement. J'en avais marre, comme tous les heureux, de manger tout le temps. Le dernier repas de maman ? Quelques gouttes de morphine en intraveineuse. Ça m'irait peut-être, moi qui déteste être à table, qui mange pour nourrir la machine, pour ne pas tomber, pour la peau et les os. Si j'étais condamnée à mort et qu'on me demandait ce que je veux pour mon dernier repas, je répondrais que je n'en ai rien à faire. Donnez-moi un saut en parachute, donnez-moi la possibilité d'être vivante une dernière fois, vraiment vivante, c'est-à-dire tout près de la mort. Donnez-moi une voiture que je conduirais à toute vitesse, moi qui ne sais pas conduire. Donnez-moi une roulette russe, un reportage dangereux avec papa, un corps à corps avec King Kong, maman morte à réveiller, un soleil à éteindre, une nuit à vous rendre vraiment folle ou encore un shoot, un premier shoot, pour enfin comprendre maman, où elle allait quand elle partait, et être avec elle, dans sa tête et sa nausée, avant de partir aussi. Ou, à la limite, donnez-moi un dernier accès à Instagram pour voir une dernière fois la vie des autres, les beaux trains que je n'ai pas su prendre, les cadeaux que la vie m'a envoyés et dont je ne me suis pas sentie digne. Mais un dernier repas ? Maman a eu tout ça. Et puis cette vie déchue, pas déshonorée non, magnifique, mais déchue.

*

À Jodhpur, maman a oublié qu'elle était morte, et elle est devenue envahissante. Elle passe devant moi dans le couloir de l'hôtel RAAS. Elle m'indique le chemin du Fort qui était, à l'époque, le repaire des vieux junkies, ceux qui savaient qu'ils allaient mourir, qui attendaient et qu'elle voulait sauver. Elle me montre, amusée, des écolières en uniforme bleu. Tu la vois, toi aussi, Pablo ? Elle fonce droit sur nous, déguisée en vendeuse de cigarettes, gracieuse, lumineuse, une pirouette, deux cacahuètes, elle ne voit pas l'abîme devant elle, ni le chien noir qui trotte derrière elle, ni la tentation de l'action directe, ni les longs murs de la prison, moi je le vois, je vois tout, j'ai tout le film qui défile dans un déluge de lumière et d'ombre, je vois la lanterne brûlée par un courant trop fort, et c'est pour ça que je suis à Jodhpur.

*

Sur la route entre Jodhpur et Udaipur, j'ai mal à une dent. On fait le tour des pharmacies, c'est facile, ici, il y a les meilleurs médicaments, en vente libre, pour qui peut se les offrir, oui, de la codéine, merci, mais vous n'auriez pas quelque chose de plus fort (il y a toujours quelque chose de plus fort). On se ressemblait si peu, maman et moi, mais on avait beaucoup, beaucoup de caries ensemble, moi sur les dents de lait et elle en abcès terribles. Je crois qu'en plus de la drogue, maman a très vite usé ses dents à force de les serrer la nuit, de bruxer pour empêcher quelque chose de sortir, un cri, un mot, un reproche, une protestation, je ne sais pas. Le peu de week-ends qu'on passait toutes les deux, après mon départ pour vivre chez papa, on souffrait ensemble régulièrement. Il y avait toujours une copine, ou un copain, qui débarquait avec un médicament. Trois pour elle, un pour moi, et ça marche, et la douleur disparaît, et un bonheur calme la remplace, on se dit qu'on est sauvées, je desserre mes petits poings, maman fume tout son retard, on se réappartient enfin, on descend dîner au bar-tabac du coin, on laisse une ardoise, tout va bien.

Ça nous a liées, maman et moi. Dans son agenda, retrouvé le lendemain de sa mort, j'ai réalisé qu'elle avait passé plus d'un an sous la roulette d'un gentil dentiste chic, aux prix exorbitants, dont papa payait les soins. Un an de bouche ouverte, docile, vulnérable, mâchoire anesthésiée, gencives gonflées, une année entière avec des poches de glace sous le menton, mais elle était contente, elle disait que ça raffermissait la peau, un an de vie remplie, de rendez-vous honorés, de raisons de ne pas picoler, de fumer moins. Et je suis sûre que, même bouche grande ouverte, elle trouvait le moyen de bavarder, de commenter, de faire la mignonne ou le petit clown, même sous la roulette, l'aspirateur à salive, la lumière violente et l'assistante agacée qui repoussait la langue, elle s'arrangeait pour faire la coquette avec le dentiste qui était beau. Elle a gardé le moulage de ses mâchoires. Il lui a servi de reposoir à bagues. Enfin, il n'y avait pas beaucoup de bagues, donc pas beaucoup de dents. Ou l'inverse.

*

Ce motel, entre une ville et une autre ville, je ne sais plus lesquelles, il est kitsch, il donne sur un parking, il est bariolé de couleurs criardes, mélange de rose, de bleu et de jaune, motifs floraux, guirlandes de fleurs en plastique, tapis multicolores affreux, fausses lampes à huile et faux posters rétro, il me fait penser à ces fois où maman me recevait dans une chambre au rez-de-chaussée d'un petit hôtel de Montreuil. Je dormais avec elle dans le lit mou. Thierry, son fiancé de l'époque, passait la nuit sur un fauteuil à franges devant la fenêtre. Il allumait cigarette sur cigarette en écoutant des musiques nulles dans son walkman. Maman ne se levait pas, elle restait alanguie, paupières lourdes, marmonnante, ses jolies lèvres gercées. Alors Thierry me disait tiens fifille, laisse-nous un moment, on a des trucs à régler ta mère et moi, va t'acheter quelque chose, une BéDé, une panoplie, ce que tu veux, prends ton temps, et il me lançait des pièces de monnaie. J'étais contente, comme avec madame Zaza, de sortir de la chambre, d'aller m'acheter un magazine sous cellophane avec un collier en plastique rose, ou des bonbons caoutchouteux. Et quand je revenais je reconnaissais l'odeur âcre de la rue Cassette, une odeur de corps sans mystère, et la marque violacée d'un suçon sur le cou pâle de maman. Elle, maman, dormait encore, ou à nouveau, au-dessus de la tristesse des choses, innocence revenue, comme une plongeuse remontée des abysses, et Thierry fumait à la fenêtre, indifférent – moi non plus, je ne l'aimais pas. J'avais oublié l'hôtel de Montreuil. Il me revient ici.

*

J'ai eu raison de venir en Inde. Car à Paris, maman n'était pas là. Alors qu'ici elle est là, tout le temps, presque trop, avec petit moi dans son ventre. Mais est-ce qu'elle le sait déjà ? À quel moment exactement ? Et puis... Il y a cette autre question, que je n'ai pas osé poser à papa, peut-être à mon retour, mais je pense qu'il ne me répondra pas et je sais surtout que je n'oserai toujours pas la lui poser. Est-ce à Jodhpur, Udaipur, est-ce dans un petit motel, est-ce dans un des grands hôtels où ils s'inscrivaient aux noms de M. et Mme Flacelière, le directeur de l'École normale, et d'où ils partaient sans payer, est-ce dans un train, sous les étoiles ou dans l'obscurité, est-ce tout simplement à Calcutta, qu'ils se sont aimés, cette nuit-là, pendant la « permission » de papa ?

*

Ce matin, à Calcutta, c'est bizarre, car le cœur bat plus vite. Pablo me dit que c'est le climat, la pollution, d'ailleurs tu vois bien qu'on tousse comme des malades. Mais non, je sais bien que non, c'est pas ça, le cœur bat plus vite, un point c'est tout, je le sais. Tu n'as pas encore saisi, chéri, que j'ai été conçue ici ? donc que je suis déjà venue ? que j'ai mangé ce qu'on a mangé au déjeuner ? entendu le chant du muezzin et le bengali saccadé des vendeurs ambulants ? que j'ai connu cette rue et l'odeur molle de vomi et de cannelle qui te rebute mais que j'aime ?

En vérité, même à lui, je n'ose pas le dire comme ça. Je ne peux pas le formuler. Alors je me le dis à moi-même. Non, je ne me la raconte pas, je ne suis pas en plein délire, c'est pas ma faute si tout m'est familier, si la tête me tourne, si je reconnais le silence, le bruit, le triangle des oiseaux dans le ciel rouge, je connais tout, je reconnais tout, c'est comme des présages à l'envers. Pablo me regarde, l'air soupçonneux. Qu'est-ce qu'elle a ? quelle est encore cette lubie ? c'est pas grave, tant qu'elle ne décide pas de rentrer parce qu'elle a peur que Paul ait chopé un rhume...

Et puis, hier matin, à même le sol, sous le pont du train, ce corps recroquevillé qui ne bouge plus. Je pensais que ça n'existait plus car l'Inde est devenue ce fameux grand pays qui, comme la Chine, blablabla. Mais si, bien sûr que ça existe, on est sortis trop tôt, les gens n'ont pas eu le temps de ramasser le cadavre et de le planquer. C'est comme à l'époque de maman. Ça non plus, ça n'a pas changé. Quand Pablo m'entraîne sur le bas-côté, pour nous protéger, parce qu'il ne faut pas voir ça, que ça va nous faire du mal, nous hanter, c'est trop insupportable, je lui dis c'est pas la peine, laisse-moi, tout va bien, c'est normal, c'est l'Inde, c'est atroce mais c'est comme ça, voilà.

*

À partir d'aujourd'hui, d'ailleurs, j'ai décidé qu'on n'a plus besoin d'explication, ni d'ouvrir les livres qu'on a achetés, on va annuler les guides réservés, pas besoin : on a maman qui pilote, et ça suffit. La poussière me murmure *welcome back, welcome home*. Tu vois, chéri, tout va bien, je t'assure que tout va bien, tout va merveilleusement bien ! Je suis ici chez moi, même ce chien l'a compris, regarde-le, blotti contre le mur lépreux, c'est lui qui a peur de moi car il sait que je sais des choses que les autres ne savent pas. Et même la grappe d'ados branchés à qui j'ai voulu parler (comme maman) et qui m'ont arraché mon sac (comme maman), *home sweet home*, je me suis dit, je les reconnais, ils viennent de l'autre monde, du monde d'avant, ou d'après, mais ils sont là. Et le corbeau venu se noyer dans la piscine sublime. Et l'autre gamin, dans le quartier de Chandni Chowk, qui me vise avec un pistolet à eau et s'enfuit. Et les éclats de soleil sur le lac Pichola.

Alors, je filme. Je filme tout. La route défoncée, sable, cendres, cailloux. Les grappes d'enfants, toujours les grappes, aux vêtements roses, verts, pailletés, qui disputent aux mouettes les restes débordants d'une poubelle. Cette vache aux yeux trop grands à qui je parle, comme une débile, coucou petite vache, oh que tu es mignonne, tu t'intéresses à un morceau de plastique ? non ? il ne t'intéresse plus ? tu veux un biscuit ? Et puis ces panneaux publicitaires flambant neufs qui parlent d'une vie qui ne concerne pas grand monde, « *Vuitton timeless luxury* », « *L'Oréal because you're worth it* », « *Mercedes-Benz, Defining Class since 1886* », je les ai filmés aussi, mais de rage, sans les voir, parce que je les déteste. Comme maman. Maman détestait ce monde. Maman, face à tout ça, pouvait devenir un diable. Et maman, en même temps, aimait les gens sans mesure. Ici, maman n'est pas morte. On n'y a jamais cru, à la mort, ni elle ni moi. J'ai tant couru après elle, comme les chats après leur ombre, eh bien elle est là, maintenant, et bien là. J'ai trouvé ? J'ai gagné ?

*

Les jours suivants, je me sens moyen. C'est compliqué de vivre sans mère. De se lever sans mère. De s'endormir sans mère. De rire vraiment, de toute son âme, sans mère. Et quand, en plus, vous ne vous souvenez plus de tout, que les images s'effacent, que vous avez perdu le dernier rouge à lèvres, cassé la dernière broche, prêté et jamais revu le dernier bouquin annoté, c'est encore plus difficile. Mais ça l'est encore et encore plus quand les souvenirs viennent, se pressent, affluent, quand c'est une crue de souvenirs, quand maman n'est plus là mais qu'elle est là, tout le temps, presque trop, à tous les coins de rue. Elle ne me lâche plus. Je la croise sans cesse. Je suis bombardée, pulvérisée par sa présence. Ça m'énerve que Pablo ne la voie pas, là, attablée dans ce café où elle boit, à petites gorgées, un chai épicé comme elle a toujours aimé... Et qu'est-ce qu'elle fabrique, maintenant, en scooter, sans casque, pétaradant dans une ruelle ? Et pourquoi les gens ne se retournent pas sur elle, ne se dévissent pas le cou, comme ils le faisaient dans le vrai Calcutta et la vraie vie ? Et là, cette petite fille aux doigts pleins de bagues, n'est-ce pas à maman qu'elle tend la main ? On ne dirait pas qu'elle singe maman, la vendeuse d'épices qui lance une œillade à Pablo ?

Toutes les femmes sont déguisées en maman, ou bien maman s'est déguisée en toutes les femmes, elles ont toutes le visage de maman, le port de maman, l'élégance simple de maman. Et c'est maman aussi ce courant d'air, maman le vent, maman la pluie, maman qui ressemble à maman et qui ressemble à tout le monde, elle me cerne, elle me précède et me suit, c'est à se taper la tête contre les murs, ces vies qui se bousculent en moi, ces êtres qui se prennent pour maman. De quel droit, le rire de maman, à l'angle de la rue, comme un câlin volé ? et la peau de maman chez cette enfant qui me sourit ? et le chuchotement de maman dans l'appel à la prière ? et l'autre rire de maman, quand elle voulait séduire, qui cascade dans la foule du marché couvert ? et son parfum poivré qui, un instant, me fait trébucher ? et le grain de beauté sur le cou de cette dame ? et son visage dans la mer devant nous qui bouillonne ? et, déguisé en maman, ce chat sauvage qui file le long du muret ? et le profil net de maman sur une pièce de roupie ancienne ? Maman en puzzle, en marmelade, en bouillie, en compote, en lambeaux, partout, et le chagrin de maman, et ses larmes quand papa est reparti, et sa joie quand elle a su que j'étais là, en elle. C'est peut-être vrai que l'Inde rend fou.

*

Dans le marché aux épices, mon marché, mes épices, je suis sûre que c'était le marché de maman, donc c'est aussi le mien et je filme Pablo. J'ai décidé qu'il sera le héros de mon premier court-métrage, retour aux origines, pèlerinage, mémoire, qu'est-ce qui se passe quand on revient sur les lieux où votre mère et votre père etc., etc. ? La terre tremble ? L'air vibre ? Non. Mais la Terre tourne. Il n'y a plus d'Inde du tout. Plus d'aujourd'hui et d'hier. Il n'y a plus que des bras, des jambes, des roues, des klaxons, des couleurs indécentes. Votre cœur bat trop vite.

Vous avez les oreilles qui bourdonnent. Vous vous accrochez à la caméra, vous la lâchez, la reprenez, tout devient flou, tout devient gris, on dirait des arbres fléchis, il n'y a plus de court-métrage, plus de voyage de noces, plus rien, vous tombez. Pablo me dit chérie qu'est-ce qui se passe, qu'est-ce qui se passe chérie, et puis il ne dit plus rien, je n'entends plus rien, je suis par terre, sous terre, chair de poule, liquéfiée, feuille morte, honteuse, vertigineuse, je n'y suis plus, et maman non plus.

On est de retour à Chennai et maman n'est définitivement plus là. Son absence, au début, est un soulagement, une paix étrange, comme un mal de dents qui s'arrête, un grand silence partout. Et puis une grande tristesse et un découragement. Qu'est-ce que je fais ici, alors ? Pourquoi on est là et pas au Japon, en Australie, aux Amériques, avec des gens gentils, sur une plage, au vrai soleil ? Pourquoi cette langue qui ne me dit rien, opaque, méconnaissable, sans consonnes ? Pourquoi la petite fille à qui je viens de filer un billet en cachette de Pablo me regarde-t-elle avec peine, comme si elle avait honte pour moi, femme perdue, mère coupable ? Et l'autre, peut-être sa sœur, ou au contraire sa rivale : c'est Pablo qui donne, cette fois ; il ne veut pas l'admettre, mais ça le tourmente aussi de ne pas donner ; donc il donne en douce et l'enfant le fixe, paumes vers le ciel, je crois comprendre que c'est sa façon de remercier, mais elle n'a rien à voir avec maman elle non plus, rien, nous sommes dans un monde sans maman, écrasant de l'absence de maman. Vous n'auriez pas un signe ? un indice ? un autre lieu où elle serait passée ? un dernier souvenir fantôme ? Mais non. C'est fini. Un singe nous jette des cacahuètes. Pablo est toujours suffoqué par les parfums, l'odeur fade des cadavres d'animaux sur la plage, les algues en décomposition, la mer huileuse baignade interdite, le soleil qui se couche derrière les nuages et qui, lui aussi, dit Pablo, a une odeur de sang séché. Mais moi je ne sens plus rien, je ne vois plus rien, ce voyage n'a plus de sens, il est temps de rentrer. Pablo temporise. Rentrons à l'hôtel, il propose. Ne t'inquiète pas, la nuit tombe, ça ira mieux demain.

Mais c'est la première nuit sans maman, où je ne rêve plus de maman. Et, le lendemain, c'est pire. Voir les choses telles qu'elles sont. Les temples juste boursouflés de couleurs. Les dieux qui ne veulent plus rien dire. Les touristes qui ne sont plus ni les enfants ni les petits-enfants de ceux que maman a croisés. Le ciel, voilé par la pollution, qui rend tout flou mais ce n'est plus le même flou que quand j'essayais de voir la silhouette de maman. Les mouettes démentes qui piaillent sur la plage, mais pour rien. Le rire des enfants qui s'écorchent les pieds dans les rochers. Une ribambelle de jeunes filles qui examinent mes cheveux filasses d'Européenne. Où sont leurs mères ? Elles n'ont pas de mère. Il y a trop de mères. Le monde est saturé de mères, envahi par les mères, qu'est-ce que les gens font de toutes ces mères ? Et moi qui en rajoute. C'est absurde. J'arrête. C'est mon dernier livre de ma mère, promis, le dernier.

Et puis, mauvais signe, la siestose me reprend. Je ne suis pas fatiguée, pourtant, ni malade, alors quoi ? je persuade Pablo qu'il faut qu'on se repose, ensemble, tous les jours, parce que la pollution fatigue, et les trajets en voiture, et les sollicitations visuelles et olfactives, j'ai lu sur Internet que ça peut, à haute dose, épuiser le système nerveux. Pablo est d'accord. De toute façon la chaleur, dehors, est terrible. On a l'impression qu'il n'y aura plus jamais d'hiver sur la Terre, plus jamais de pluie, plus jamais de froid. Alors il bouquine sous le ventilateur, en piochant dans la corbeille de fruits spécial *happy honeymoon, best regards*. Et moi, je m'adapte, je me traîne, je m'endors, je me réveille, je me rendors.

Quand ça m'arrive, à Paris, je ne veux pas que les enfants le sachent. Mais non, pas du tout, je ne dormais pas, n'importe quoi, maman travaille, maman réfléchit, maman prend des notes mentales, maman fait du yoga très calme. Et s'il leur prend, à eux, les enfants, des envies de sieste, ça m'affole : qu'est-ce qui se passe ? tu es malade ? contrarié ? malheureux ? une mauvaise note ? Pablo, vite ! Paul fait une sieste, il y a un problème. Si, je te dis qu'il y a un problème, il faut appeler, consulter, je ne veux pas être une mère négligente, je veux être une mère qui soigne, je veux des amis médecins, pourquoi on n'a pas d'amis médecins, ah oui, c'est vrai, on n'en a plus, ils ont tous pris leurs jambes à leur cou, mais pas Pablo, Pablo reste, Pablo est une énigme. Là, je sais pourquoi je fais la sieste et je crois que Pablo, lui aussi, l'a compris.

*

Maman est revenue une dernière fois, une toute dernière, pendant une de ces siestes. Incroyablement précise, voix intacte, du cristal. Minou, elle me dit, je vais t'expliquer. Et elle m'a tout expliqué, d'où elle vient, où elle est, que Violaine a dit n'importe quoi et qu'elle a tout arrêté quand elle a su qu'elle était enceinte, qu'elle a attendu sagement papa, à Paris, qu'ils s'aimaient, qu'il est revenu, mais l'époque était si déraisonnable, on voyait des plaines devant soi, la vie à l'infini et qui sonnait à toutes les portes, alors ils se sont séparés. Elle parle très vite. Elle parle une drôle de langue, javanais, anglindien, portugnol, mais c'est clair, et même limpide, je me dis oh là là, il faut se réveiller, tout noter, emprisonner le rêve et, comme ça, me délivrer. Je m'obéis, je me réveille, mais, quand j'ouvre les yeux, tout est fini, il ne reste que la maman de d'habitude, floue, mystérieuse, déjà en train de disparaître, une trace muette et glacée dans la fournaise indienne.

Je ne suis pas contente. Je veux me rendormir. Je me concentre. Attends, Pablo, laisse-moi, je dois finir un rêve, le reprendre, encore une demi-heure, c'est capital, tout est là, de toute façon il fait encore trop chaud, on va crever. Mais j'ai beau fermer les yeux, de toutes mes forces, jusqu'à en avoir mal, ça ne marche pas, le sommeil ne revient pas, le Xanax ne fonctionne pas, ni le deuxième, ni le troisième, maman a définitivement disparu, il y a juste mes chats dont je rêve qu'ils me mangent le visage. Qu'est-ce que c'est que ce rêve ! je pense. Je veux changer de rêve ! où est ma télécommande à rêves ? ouste les chats, ouste, poussez-vous, dégagez ! mais les chats font ce qu'ils veulent, ils appellent d'autres copains chats et bouffent tout, le crâne, les précédents rêves, ce tout petit reste de maman, ce dernier trésor, le secret, c'est fini.

*

Les derniers jours, ça va mieux, pas de sieste, je suis fatiguée de faire la sieste avec tous ces rêves nuls où maman n'est pas. Pablo est allé déposer la valise de stylos et de cahiers devant la *girls' public school* à côté du marché. On ne nous prend plus en photo. Les femmes ne ressemblent plus à maman. On s'assied dans le sable près d'un groupe de jeunes Anglais. On regarde, comme eux, le soleil qui grossit et monte lentement dans le ciel. On applaudit. On semble heureux. Des barques tanguent près du rivage au milieu des poissons morts qui seront pêchés quand même. Et puis on a fait ci, et on s'est promenés là et on a encore vu ça, il y a des choses trop douces pour que je m'en souvienne.

Fini. Écran noir. Silence des fantômes.

*

À Paris, en cachette, je feuillette le book de maman. Ce sont des dizaines de maman qui me fixent avec leurs yeux immenses et étirés par le mascara en étoile, des yeux d'enfant étonnée qui demandent pourquoi elle va avoir cette vie-là, cette moitié de vie, cette vie manquée ? pourquoi, alors que tant de fées s'étaient pressées sur son berceau, mourir à cinquante ans, lèvres sèches, beauté ruinée, vie sublime et minuscule, le même parfum mais devenu trop lourd pour elle, trois chats, deux perruques, des carnets où elle notait tout et, parfois, des éclairs de génie, deux futurs petits-enfants qui lui ressembleront tant ? À quoi ça rime tout ça ? disent les grands yeux calmes de maman. À quoi bon vivre puisque plus personne ne se souviendra de moi, ni à Calcutta ni au Grand Hôtel de Clermont ? Que se passe-t-il ? Que s'est-il passé ? Le passé serait-il plus mystérieux encore que l'avenir ?

Maman prenait la lumière. Maman voyait tout. Il y avait, dans les yeux de maman, des tempêtes, des flammes, des promesses qui la brûlaient et qu'elle ne tiendra pas. Elle aurait pu être une artiste, une poétesse, une déesse, une légende, mais non, juste ce book dépiauté, ces petites tombes punaisées sur mes murs, posées sur mes étagères, encadrées sur ma table de nuit. Peut-être que je devrais, le temps de guérir, les ranger dans des tiroirs, ou les retourner, mais je n'ose pas, je ne veux pas, ce serait l'enterrer une autre fois, l'abandonner pour de bon. Alors je nous laisse nous dévisager, elle en noir et blanc, beauté fatale et blême, et moi qui vieillis un peu tous les jours, horloge de la vie, lentement, sous son regard.

Cet ouvrage a été composé
par PCA-Rezé
et achevé d'imprimer en juillet 2025
par CPI BRODARD & TAUPIN (72200 La Flèche)
pour le compte des Éditions Stock
21, rue du Montparnasse, 75006 Paris
stock@editions-stock.fr

Stock s'engage pour
l'environnement en réduisant
l'empreinte carbone de ses livres.
Celle de cet exemplaire est de :
250 g éq. CO_2
Rendez-vous sur
www.editions-stock-durable.fr

PAPIER CERTIFIÉ

Imprimé en France

Dépôt légal : août 2025
N° d'édition : 01 - N° d'impression : 3061604
67-51-0792/5